工人綏惠略夫

阿志跋綏夫著
魯迅譯

文學研究會叢書

阿爾志跋綏夫肖像

譯了工人綏惠略夫之後

魯迅

阿爾志跋綏夫 (M. Artsybashev.) 在一八七八年生於南俄的一個小都市；據系統和氏姓是韃靼人，但在他血管裏夾流着俄，法，喬具亞 (Georgia) 波蘭的血液。他的父親是退職軍官；他的母親是有名的波蘭革命者珂修支珂 (Kosciusko) 的曾孫女，他三歲時便死去了，只將肺結核留給他做遺產。他因此常常生病，一九〇五年這病終於成實，沒有全愈的希望了。

阿爾志跋綏夫少年時，進了一個鄉下的中學一直到五年級；自己說：全不知道在那裏做些甚麼事。他從小喜歡繪畫，便決計進了哈理珂夫 (Khar-kov) 繪畫學校，這時候是十六歲。其時他很窮，住在污穢的屋角裏而且挨餓，又缺錢去買最要緊的東西顏料和麻布。他因爲生計，便給小日報畫些漫畫，做點短論文和滑稽小說，這是他做文章的開頭。

在繪畫學校一年之後，阿爾志跋綏夫便到彼得堡，最初二年，做一個地方事務官的書記。一九〇一年，做了他第一篇的小說都瑪羅夫（Pasha Tumarov），是顯示俄國中學的黑暗的；此外又做了兩篇短篇小說。這時他被密羅留皤夫（Miroljubov）賞識了，請他做他的雜誌的副編輯，這事於他的生涯上發生了很大的影響：使他終於成了文人。

一九〇四年阿爾志跋綏夫又發表幾篇短篇小說，如旗手戈羅波夫，狂人，妻，蘭兌之死等，而最末的一篇使他有名。一九〇五年發生革命了，他也許多時候專做他的事無治的個人主義（Anarchistische Individualismus）的說教。他做成若干小說，都是驅使那革命的心理和典型做材料的；他自己以爲最好的是朝影和血迹。這時候，他便得了文字之禍，受了死刑的判決，但俄國官憲，比歐州文明國雖然黑暗，比亞州文明國却文明多了，不久他們知道自己的錯誤，阿爾志跋綏夫無罪了。

此後，他便將那發生問題的有名的賽寧(Sanin)出了版，這小說的成就，還在做革命的故事之前，但此時纔印成一本書籍。這書的中心思想，自然也是無治的個人主義或可以說個人的無治主義。賽寧的言行全表明人生的目的只在於獲得個人的幸福與歡娛，此外生活上的欲求，全是虛僞。他對他的朋友說：

「你說對於立憲的煩悶比對於你自己生活的意義和趣味尤其多。我却不信。你的煩悶，並不在立憲問題，只在你自己的生活不能使你有趣罷了。我這樣想。倘說不然，便是說謊。又告訴你，你的煩悶也不是因爲生活的不滿，只因爲我的妹子理陀不愛你。這是眞的」

人的煩悶既不在於政治，便怎樣呢？賽寧說：

「我只知道一件事。我不願生活於我有苦痛。所以應該滿足了自然的欲求。」

賽寧這樣實做了．

這所謂自然的欲求，是專指肉體的欲，於是阿爾志跋綏夫得了性欲描寫的作家這一個稱號，許多批評家也同聲攻擊起來了．

批評家的攻擊，是以爲他這書誘惑青年．而阿爾志跋綏夫的解辯，則以爲「這一種典型，在純粹的形態上雖然還新鮮而且希有，但這精神却寄宿在新俄國的各個新的，勇的，強的代表者之中．」

批評家以爲一本賽寧，教俄國青年向墮落裏走，其實是武斷的．詩人的感覺，本來比尋常更其銳敏，所以阿爾志跋綏夫早在社會裏覺到這一種傾向，做出賽寧來．人都知道，十九世紀末的俄國，思潮最爲勃興，中心是個人主義；這思潮漸漸釀成社會運動，終於現出一九〇五年的革命．約一年，這運動慢慢平靜下去，俄國青年的性欲運動却顯著起來了；但性欲本是生物的本能，所以便在社會運動時期，自然也參互在裏面，只是失意之後，社會運動熄了迹，這便格外顯露罷了。阿爾志跋綏夫是詩人，所以在一九〇五年之前，已經寫出一個以性欲爲第一義的典型人物來。

這一種傾向，雖然可以說是人性的趨勢，但總不免便是頹唐。賽寧的議論，也不過一個敗績的頹唐的強者的不圓滿的辯解。阿爾志跋綏夫也知道，賽寧只是現代人的一面，於是又寫出一個別一面的綏惠略夫來，而更爲重要。他寫給德國人畢拉特 (A. Billard) 的信裏面說：

『這故事，是顯示着我的世界觀的要素和我的最重要的觀念。』

阿爾志跋綏夫是主觀的作家，所以賽寧和綏惠略夫的意見，便是他自己的意見。這些意見，在本書第一，四，五，九，十，十四章裏說得非常分明。

人是生物，生命便是第一義，改革者爲了許多不幸者們，「將一生最寶貴的去做犧牲，」「爲了共同事業跑到死裏去，」只剩了一個綏惠略夫了。而綏惠略夫也只是偸活在追躡裏，包圍過來的便是滅亡；這苦楚，不但與幸福者全不相通，便是與所謂「不幸者們」也全不相通，他們反幫了追躡者來加迫害，欣幸他的死亡，而「在別一方面，也正如幸福者一般的糟蹋生活」。綏惠略夫在這無路可走的境遇裏，不能不尋出一條可走的道路來；他想了，對人的聲明是第一章裏和亞拉藉夫的閒談，自心的交爭是第十章裏和夢幻的黑鐵匠的辯論。他根據着「經驗」不得不對於託爾斯泰的無抵抗主義發生反抗，而且對於不幸者們也和對於幸福者一樣的宣戰了。

於是便成就了綏惠略夫對於社會的復讎。

阿爾志跋綏夫是俄國新興文學典型的代表作家的一人，流派是寫實主義，表現之深刻，在儕輩中稱爲達了極致。但我們在本書裏，可以看出微微的傳奇派色采來。這看他寄給畢拉特的信也明白：

「眞的，我的長發是很強的受了託爾斯泰的影響，我雖然沒有贊同他的「勿抗惡」的主意。他只是藝術家這一面使我佩服，而且我也不能從我的作品的外形上，避去他的影響。陀思妥夫斯奇(Dostojevski) 和契訶夫 (Tshekhov) 也差不多是一樣的事。雩俄 (Victor Hugo) 和瞿提 (Goethe) 也常在我眼前。這五個姓氏便是我的先生和我的文學的導師的姓氏。

「我們這裏時時有人說，我是受了尼采 (Nietzsche) 的影響的。這在我很詫異，極簡單的理由，便是我並沒有讀過尼采。……於我更相近，更了解的是思諦納爾 (Max Stirner)。」

然而綏惠略夫却確乎顯出尼采式的強者的色采來。他用了力量和意志的全副，終身戰爭，就是用了炸彈和手鎗，反抗而且淪滅 (Untergehen)。阿爾志跋綏夫是厭世主義的作家，在思想黯淡的時節，做了這一本被絕望所包圍的書。亞拉藉夫說是「憤激，」他不承認。但看這書中的人物，偉大如綏惠略夫和亞拉藉夫——他雖然不能堅持無抵抗主義，但終於爲愛做了犧牲，——不消說了；便是其餘的小人物，藉此襯出不可救藥的社會的，也仍然時時露出人性來，這流露，便是於無意中愈顯出俄國人民的偉大。我們試在本國一搜索，恐怕除了帳幔後的老男女和小販商人以外，很不容易見到別的人物；俄國有了，而阿爾志跋綏夫還感慨，所以這或者仍然是一部「憤激」的書。

這一篇，是從 S. Bugow und A. Billard 輯譯的革命的故事 (Revolutionsgeschichten) 裏譯出的，除了幾處不得已的地方，幾乎是逐字譯。我本來還沒有翻譯這書的力量，幸而得了我的朋友C君給我許多指點和修正，這纔居然脫稿了，我很感謝。

一九二一年四月十五日記。

工人綏惠略夫

正當那時候，有人在那裏，將彼拉多使加利利人的血和他們的祭物，攙雜在一處的事，告訴耶穌。耶穌回答說：你們以爲這些加利利人比衆加利利人更有罪，所以受這害麽？我告訴你們：不是；你們若不悔改，都要如此滅亡。

路加福音第十三章一至三。

一

樓梯上面，當黃昏時候，從地下室一直到屋頂上，滿包了黑暗不透明的煙霧；梯盤上的窗戶，都消融在暗地裏了。這時候，在一所住宅的前面，正有一個人拉那門鈴。

黏黏的，用破爛蠟布包封着的門後邊，舊鈴便憤然的抽咽起來，許多時沒有肯靜；他的微細的死下去的哼聲，宛然是一匹絆在蜘蛛網上的蒼蠅，還在不住的訴說他悲慘的運命。

沒有人到來；這人直挺挺的立着，正像一支樁。他的模樣，在昏暗中間，越顯得十分黑。一匹瘦貓，隱隱的溜下闌干來的，也不送給他一些注意，他立的有這樣靜。他總該有些古怪：如果是好好的快活的人，懷着坦然的心的，便不至於這樣的立着。

樓梯上靜而且冷了，在荒涼的昏暗裏，起上一種黴氣味的烟來；這是從地窖子到屋頂室都塡滿了髒的，病的，肚餓的和爛醉的人們的大雜居宅裏發散的惡臭．越到上頭，煙氣便塞的越密，自己造成異樣的黑影，忽然也便會濃厚到正像是一個人形．

遠遠地響着馬車的輪聲，鬧着街道電車的鈴聲；從無底的坑的深處——從院子裏——擠出急迫的苦惱的人聲；但在上面却是死而且靜．忽聽得下面的房門合上了，轟的一聲樓梯口發了抖，應聲便一直傳到全宅．脚步聲響了．人聽得，似乎有人往上走，到梯盤又驟然轉了彎，便一步跨過兩級的走．待到脚步聲已經走上最末的梯盤，在陰暗地裏，就是嵌着窗戶的所在，溜過一個黑影的時候，那站在門前的人，便向着他轉動過去了．

『誰在那里呵，』來人不由的發一聲喊，是吃驚不小的聲音．

站在門前的人便鋒利直截的問道，『這里有房子出租麼？你也許知道？』

「哦！房子？……我委實不知道……我想，該有的。你拉鈴就是！」

「我已經拉了。」

「阿，在我們這里是應該格外的拉的。你看，這樣！」

他抓住門鈴，用全力的一拉。鈴並不先行顫動，便立刻發一聲喊，却又忽地停止了，宛然一個裝着蠶豆的馬口鐵筒，滾下階梯去，就被牆壁擋住了似的。於是有些聲響；從微開的門縫裏，在黃色燈光的光線中，現出一個老女人的花白的頭來。

「瑪克希摩跋（Maksimova），這裏有人問你的房子呢。」上來的人告訴說，是一個瘦而且長的大學生。他先向那空氣又酸又溼，彷彿浴場的骯髒的前房一般的廊下的那邊走。他也不再聽老女人說什麼，一徑走過了堆着行李和掛着帳幔，那後面有什麼正在蠢動的廊下，躲進他自己的屋子裏去了。他放下物件，穿着暢開領口沒有帶子的紅色的農家衣的時候，纔又想到新來的客人，便問那老女人，恰恰捧着煮沸的撒摩跋爾（一）進來的，說：

「這個，瑪克希摩跋，你的房子租去了麽？」

「租去了，謝上帝，舍爾該伊凡諾微支（Sergej Ivanovitsh），六個盧布租去了。我想，倒是一個安靜的客人。」

「怎見得呢？」

那老女人用白滯的將要失明的眼睛看定他，兜起了乾枯的薄嘴唇說：

「六十五年以來，舍爾該，伊凡諾微支，我活在世界上，什麽人都見過了。看的眼睛都要瞎了，」伊苦惱的插嘴說，又做了一個不平的手勢。

大學生不由的看着伊的眼睛，想要說些話，却仍復嚥住了，待伊走後，他便去敲着隔壁的門，叫道：

「喂，鄰舍的先生，你可願意喝一杯遷居的茶麽，怎樣？」

註一　Samovar，俄國特有的一種茶具，金屬製，可以生火煮茶。

『很好，』一個鋒利的聲音回答說。

『那就請你這邊來。』

大學生坐在桌旁，斟出兩杯淡茶，拖近糖壺，向門口轉過臉去。

進來了一個適中身材，瘦削的，極頂金色頭髮的青年。他這模樣，引起人一種特別的印象，彷彿他不住的故意的總想使自己伸高，卻要將頭縮在肩裏。

『尼古拉，綏惠略夫，(Nikolai Sheviyrjov)』他用了剛健的分明說。

『亞拉藉夫，(Aladjev)』主人答應着，喜孜孜的微笑，去握他客人的手。

他全是農家風帶點拙笨的客氣而且握的比通常更長久，這以外，看他彎彎的強壯的背，削下的肩頭，長臂膊，濶大的手，以及長鼻準的側臉，彷彿聖像似的，長着菲薄的下髭和剪圓的頭髮，正像普式珂夫(Pskov)或諾夫戈洛(Novgorod)的一個普通的農家少年，或者是一個木匠。他用了微帶鈍滯的喉音，響的極眞切，但也很和氣的說：

『好極，你請坐，我們喝茶，並且閒談罷。』

綏惠略夫就了坐，他的舉動又敏捷又堅定，但他的態度總還是板滯而且孤峭。

他的淺黑的鋼鐵色的眼睛，冷冰冰的不可測度的看。即使自己十分豁達的人，第一次走到毫不相知的處所，總不免帶些拘謹的新鮮，但在他卻並無這痕迹。亞拉藉夫一面看，一面想，覺得這綏惠略夫對於自己，以及對於藏在他祕密的精神的深處的特種東西，決不會無端的不忠實的。

——這小子倒有趣哩，他想。

他問道，『這個，你是——怎的呢？纔到的麼？』

『不錯——今天剛從赫勒辛福爾斯（Helsingfors）來的。』

『你的行李在那裏呢？』

『行李我是全沒有只有……這樣，一個枕頭，一條被，一兩本書．』

亞拉藉夫聽到末後這句話，便格外注意而且高興的看着客人．

『還有……如果我可以問……你本是什麼職業呢？』

『你自然可以問……我是工人，是金屬旋盤工．這一來，爲的是尋點事．先前的工廠忽然關閉了．』

『那便是——無業了？』

『是的，』綏惠略夫回答說，在他聲音上，帶着異樣的含混．

『目下所多的是無業，』亞拉藉夫關心的說，『目下在你是艱難的時候了．』

綏惠略夫漠然答道，『什麼時候總艱難，』他又用了警告的聲口，補足說，『不久便是那些人也要艱難，那些目下還輕鬆的．』

亞拉藉夫很覺新奇似的看着他．

——呀呀呀！他想，這小子也未必怎樣乾淨。事情須得探出底細來。嘴臉也頗可疑呵。——

綏惠略夫對於主人的使了伶俐的農家式眼光，瞥到他臉上的一種特別表情，顯然是已經覺得了，便低下頭去看着杯子。

『……你是大學生呵。也有些甚麼著作麼？』他很快的說。

亞拉藉夫微微的紅了臉。

『你何以這樣想？就是我有著作的事？』

綏惠略夫毫不介意的微笑起來，而且這微笑，比他在故意的姿態時候，愉快得多了。

『這不難，』他解釋說，『你壁上有文人的肖像，壁廚裏是許多書，桌上是草稿，桌下是揉掉和撕掉的紙。人就知道了。』

亞拉藉夫也失笑，但更加注意的看住他的眼睛。

亞拉藉夫的眼色有些狡獪，然而終究脫不了農家式：可以看出他想弄狡獪來，「不錯，對的……但是你，據我看來，是一位善於觀察的人。」

綏惠略夫不開口。

亞拉藉夫點起一枝大的紙煙，從煙氣中，非常注意的研究這生客。

綏惠略夫端端正正坐着，并且不住的迴轉着拇指。在他外觀上，總帶些十分特別的什麼，使他和常見的許多相貌，顯出不同。亞拉藉夫的聰明的農家眼睛，又立刻發見了這特點：是不可測的隱蔽與深藏的熟慮的一串。還有全身的巖石般的不動，與雖然很微細却很迅速的拇指迴轉之間的對照，他也覺察了。而且他越加留心，也就越加銳利的覺得疑惑，對於這生客的無意識的交感與本能的尊敬，早已深深的潛伏在他的精神裏面了。

他裝作因為煙氣似的瞇一瞇眼，又隨便似的說，但口氣却帶着雙關：

「探索的本領眞是一種難得的才能呵……」

話，綏惠略夫沒有便答；只是拇指轉的更快了。看他模樣，彷彿全不想要答話，但沈默一刻之後，他忽然擡起頭，冷冷的看定了亞拉藉夫，微歪着嘴脣說：

「我懂得你了。」

「怎的？」亞拉藉夫不覺張皇起來。

「你費了力氣，想盤查出，我是否一個偵探……不是的，請你放心罷。爲什麼……我強要同你談天，而且也並非自己來到你這裏的。」

「阿呀，這是說那裏話呢。」亞拉藉夫着忙的插嘴說，却已經紫漲了臉。

綏惠略夫又微笑。決然的，他的面貌在微笑時候，全然換了樣，很溫和，而且幾于嬌柔了。

「不，不怎麼不然……這情形很明白……但假使我果眞是偵探，我從你的詰問上，早已知道你何以害怕的底細了。」

亞拉藉夫不知所措的看了他許多時，於是摸着頦頸，笑吟吟的做了一個無可如何的手勢。

『哪，你有理。是我錯的。不用再爭了罷……你自己知道，今天是怎麼樣的……但我並沒有瞞。』

『我說是怕。你說的卻是瞞。你總還藏着些什麼。』

綏惠略夫微笑。

亞拉藉夫張了眼睛只是想。

『唔……』他拖長了聲音說。『然而，請你不要見氣，你可以成就一個出色的偵探，一個應用心理學的。』

『能罷，』綏惠略夫正色的答話，但分明帶着些懊惱。『你著作些什麼呢？』他又發問，也顯然竭力的要使談話轉過方向來。

亞拉藉夫紅了臉，彷彿就被人在現犯當場捉住的一般。『是的——不錯……我也纔開手。兩種小說已經印刷了……這關係，人也還稱讚他。』他低下眼睛又裝出毫不介意模樣，添上了結末的話，但在他聲音上，不知不覺的滿帶着穉氣的得意的喜歡。

「我知道。我已經讀過了。先前沒有想到，現在記起你的名字來了。你寫的是農民生活。我記得的。」

主客都沈默了一會。綏惠略夫屹然不動的注視着茶杯，並且很快的，僅能看出的，轉動他擱在膝上的手的拇指。亞拉藉夫很興奮。他極有探聽綏惠略夫對於他的小說以為何如的意思。他自己十分相信，這並非為着已有教育的讀者而作，却直接為了工人和農民做的。他張開幾次口，但終於沒有決心。他於是點起一支紙煙，輪一輪眼，很注意的看着火，但當他將吸之先，却用了做作出來的不介意問道：

「這個，我的東西，能中你的意麼？」

「怎麼不中意，」綏惠略夫說，「這寫得十分有力……很有味！」

亞拉藉夫紅了臉，而且終於不能按住，教自己不露出孩子氣的笑影來。

『只是你將人們過於理想化了，』綏惠略夫加添說。

亞拉藉夫熱心的問道，『這怎講呢？』

『倘若我沒有錯，你是從這一個立脚點出發的，就是只要有健全的理性與明白的判斷力，便不會有一個惡人。就是單是表面上的可以去掉的環境，妨害着人的爲善。我不信這事。人是從天性便可惡的。正反對，倒是不利的環境決不可少，因爲藉此可以造出一兩個……但只是極少的……好人。』

亞拉藉夫很氣惱。這正是他的傷處；他一切將來的著作的根柢都在這上面，而且他又堅固又簡單，並不搜求證據，只相信自己的理想，宛然那農民的對於上帝似的。

他叫道，『你說什麽？』

綏惠略夫用鐵一般的鎮定回答說，『我這樣想。我是一個工人，知道的很淸楚。」

在他聲音裏，顫抖着竭力捺住的，傷心的苦楚，這忽然使亞拉藉夫發了不忍的心了。

「你大約過的是很艱難的生活……所以使你這樣憤激了，但你不能相信你的主意。這是，還請你見恕，要成爲憎惡人類的！」

「我不懼憚這話，」他冷冷的答：「我實在憎惡人類，但你所謂什麼憤激的，我却稱作經驗。」

「什麼經驗呢？」

「看眞理，就是人類想要竭力掩飾的。」

「人類如果都一樣，何必又要掩飾他？而且你對於眞理，又怎麼解釋呢？」

「眞理應該抹煞，以便這一部分人能夠依靠別一部份人而生活。這是最通常的詐騙……眞理是，人的一切欲望，全不過猛獸本能。」

『你說甚麼！一切！』亞拉藉夫憤然叫喊說，『愛也是，自己犧牲也是，同情也是？』

『我不信那些事。那些只是一個蓋子，藉此遮掩醜態，以及抑制那能使各種生活爲難的掠奪本能的罷了。人的理想的產物，並不是人的天性……是練就的東西！……倘使愛——當然不是男女的愛——同情與無我，在我們眞是天稟，正如掠奪的動力一般，我們現在便該有基督教的共和制占了資本主義的位置，飽漢也不會旁觀，看那肚餓的人怎樣死，也不該有主人和奴僕，因爲大家都互相犧牲，大家都平等了。然而我們統沒有。』

亞拉藉夫激昂的跳起身，運着沈重的脚步，彷彿跨過了掘起的土塊，跟在鋤犂後面似的，只在屋子裏轉。

『在人類裏面存着兩樣原素——用了我們的神祕論者的話來說，那便是神的和魔的。進步便只是這兩樣原素的戰爭，並不如你……』

「我想，倘使這兩樣原素，各取了純粹的形狀，以相等的分量含在人類的天性中，人生便不會有現在這樣可厭……決不這樣了……這只是生存競爭所發明的警句，正如發明了汽機電話和醫術一般。」

「也好……就是了……　然而人類究竟有他的心靈能受影響的資質——你何以不信這原素對於猛獸本能的最後的勝利呢？用理想貫澈人生，固然遲緩，然而確實的，而且一到他得了勝，使人類的權利全都平等的時候……」

「永不會有這等事，」——綏惠略夫冷冷的答：「生活也就跟着這進步以相等的分量複雜起來了……　生存競爭是一條定律，他不會比生存更早的收場。」

「你也不信生活狀態的改良麼？」

「革新是——信的，但改良——却不。」

『這又怎麼說呢?』

『人的幸不幸，並不因爲有善或惡加在他的身上，却因爲他生來帶着感受苦惱或歡喜的機能．假使石器時代的人能在夢中看見我們的世界，他們會以爲是地上的天國．而我們現在正活在他們的夢中，卽使並沒有比他們更加不幸，却也不過如此……　我不信黃金時代．』

『哪，你可知道，』亞拉藉夫禁不住慄然的說，『這實在是惡魔一般的不信仰哩．請你寬恕，我却不能擬議你自己眞是這樣想……』

『可惜，』——綏惠略夫冷冷的微笑．

『哪，多謝，這實在可怕．』

『我也並不說這是好的．』

亞拉藉夫沒有話，並且用正直的同情注視着對手此時他知道那眼光的明亮與冷峭的來由，可怕的鎭靜的來由了．在這人的精神裏，所有的不外乎黑暗與荒凉。或者還有劇烈的煩惱與報復，但只剩着非人格的報復罷了。

綏惠略夫又急急的轉着拇指，一面想，一面站起身。

『再見，』他說，『我爲了旅行還很倦……我也從沒有說話到這麽多……』

亞拉藉夫沈思着，對他握了手。但綏惠略夫剛開門，他又慌忙問道：

『唉，你說罷……你眞是工人麽？』

綏惠略夫微笑。『這還有什麽詫異呢？自然的。』

他便走出，隨手緊緊的轉上了門的關鍵。

亞拉藉夫還只是在房裏面往來，悶悶的吸着紙煙，思想不斷的爭鬪着現在，他的對手已經沈默了，便彷彿覺得他自己的辯論無可攻難；又漸漸入了夢。未來的生活立刻結成一個恍惚的然而光明的幻景，在他面前湧現起來。

在他眼前，湧出原野森林和村落的一望無邊的形象，慘淡悲涼而且困窮。一羣偉大堅忍的人民，便在這無邊中，靜靜的藏着單純的，未來的正當的生活的眞理。

亞拉藉夫要寫出些極有力量的事：將那由偉大的內部的理想所結束的，瀰滿着力量與眞理的全圖，凡有什麼使他苦惱和喜歡的，都悉數的傾注。他的頭發了熱，眼裏湧出淚來；這事似乎已在目前而且可以把握了。但他的「沒有力量」這一個震動的意識，又超過了他的精神。

『我怎麼會這樣了。』

他苦苦的嘆息，又退一步想，寬解自己的心：

『好，是了，卽使不是我，也有別人。我就做我的事！』

他暫時還在房裏面站着，惘惘的抬起溼潤的眼睛來，注視在托爾斯泰的肖像，那正在牆上銳利的透澈的回看着他的。

他於是在擡着報紙的寫字桌上擱下紙烟和燈，欠伸了身體，就了坐。

他坐的很長久，幾乎要到早晨，不停的寫去。

他充滿了愛與熱情的描寫，農民們，怎樣的爲了他的確信而受刑，死質朴，無言，不因此做出一點英雄舉動，不等候震蕩心神的讚美歌，一齊而且沈靜，彷彿明白了什麽事，爲別人所未經知道似的。紙煙的煙氣慢慢積成濃雲，繞着燈上升，消失在昏暗裏。全宅中一切都沈默，只有黑夜從窗戶窺探進來。人大約很不容易想到，這死一般的黑暗單是假象，有些地方的房屋和屋頂後面的大道上却照耀着幾千活火，盤旋過許多忽忙的饒舌的行人，飯店大開，舞蹈場上閃着袒露的肩膀，戲園裏響着美音；大家談天，愛戀，生存競爭，生存享樂與死亡。

牆壁後面，在堅硬的臥榻上，挺然的躺着綏惠略夫，他的冷峭圓睜的眼睛帶着不撓的表情在黑暗裏瞥動。

二

綏惠略夫房裏唯一的窗門正對着一堵牆壁，上面是一條灰色的天空，被煤汚的幾個煙囪劃了界。這房有一副特別的情形：因爲只是完全的空壁所以顯得格外的明亮和寒冷，地板上看不出纖塵，桌上沒有書籍，倘使裏面幷無綏惠略夫，那隨隨便便的並不靠了窗口或桌子，却坐在通到鄰室的闔着的門前的在那里，人就不見得相信，在這里有誰居住了。

挺直的不動的只用手指輕輕的敲着膝頭，綏惠略夫背向着門，坐在自己放定的唯一的椅子上。他的眼睛毫無關心的看，彷彿只是機械的在那里研究臥牀的位置，但便是僅能覺察的舉動，每一聲他都感應，人就知道，他對於這家裏一切的事，無不十分留心的聽着了。他先聽得，亞拉藉夫怎樣喝茶，於是往外走；他又繼續下去，傾聽遠地的聲音，就是給他以微弱模糊的，在他周圍所活動的那些慘淡的生活的報告。

他背向坐着的門後面，住着——這是綏惠略夫早知道了——一個盛年的質朴的而且略略耳聾的縫女。他所以猜到的，就在伊的鮮活的聲音，縫紉機的靜靜的響動，老主婦對伊譴責時候的母親模樣的口吻，以及伊用了柔順的，動人的無靠的聲音不住的發問道『怎樣呢？』

遠到廊下，帳幔的後邊，兩個老人鑽在破爛布片的山裏面，正如腐肉裏的蛆蟲，又總在絮絮的低聲說些話。這老人們竊竊的密談，似乎攪起一種不安的事件似的，討厭的在寂靜中作響。

有一回，房主婦來到綏惠略夫這里，是一個瘦削的老女人，長着一雙昏暗的，無光的眼睛。綏惠略夫給伊房租，伊將錢看了許多時，又伸出乾枯的指頭來摸索。

『瞎了……，』伊用了悲哀的安靜說，後來綏惠略夫聽到，伊如何送錢給縫女看，以及那縫女發出銀一般淸脆的高聲，也如一切聾人不知道別人容易聽到的一樣，回答說：

「這對的，對的，瑪克希摩跋！」

綏惠略夫這樣的坐了三小時，位置也一回沒有變換，只是他的手指却愈動愈快了。他小心的莊重的大約有一個目的，領略着這一切毫無顏色的聲音，這就是沒有言語的窮乏與可憐的生活。

於是他急忙站起身，穿上外套出去了。

三

綏惠略夫立在工廠的院子裏，從嵌着鐵格子的大窗口向機器房裏窺看。

那地方，在內部，呼呼的軋軋的響。連着玻璃窗也微微的顫動．周圍的窗口雖然也的確向裏面射進許多光去，但在空院裏，上面是又高又爽的自由的天，因此做成這印象，彷彿內部是永久的昏暗所統轄了。人看見，鎖鏈怎樣的鬼物似的上上下下的爬，蓄力輪怎樣的風潮一般，然而似乎不出聲的往來的飛，以及無窮的革帶只是向暗地裏走去。一切都回旋，輾轉，忽遽，只是幾於見不到人。間或在烏黑的冷光的怪物中間，看到一個蒼白的人臉，長着死屍一般眼睛，但即刻又消失在充滿着喧囂與搖動的昏暗裏了。這可怕的喧囂似乎一刻一刻的強盛起來，但又只是一樣的沈重和單調。塵封的窗玻璃又使一切都成爲失了聲色的東西，平坦而且灰白，宛然影在一個大電影的布幕上。

緊靠着窗邊，在用了強直的敏捷而走動着的槓杆，圓輪，以及幹棒的背景上，一個鋼鐵做的小小的精巧的希奇東西，用了衝擊的急速的運動，挨着一個黃銅盤子極猛的旋轉着，從他鋒利的鐵牙齒裏，落下金閃閃的細屑來。在那東西上面，搖動着一個彎曲的人脊梁；兩隻汙染的大手這邊那邊的動。

這搖動又整齊又單調，而且很惹眼的順着那小機器的運動。

便在這希奇東西上，注定了綏惠略夫的注意的眼光。正是像這樣的一個旋盤，在這後面，他曾經滿抱了不能達到的希望，工作過來，在這後面，他一日復一日的，從早到晚，站立過五個長年了。只站着，無論是健康或是疾病，悲哀或是喜歡，被愛或是惱着他的精神牽引他去的那一個可怕的思想。

倘使此時有誰看見綏惠略夫的眼睛，他就要對於那特別的表情覺得驚異·這已經不像平常一樣，明亮而且冷峭了；裏面却閃出眞實的柔和的悲哀，其間又極銳利的炎上了無可和解的鐵一般的憎惡。這時他的嘴唇也顫動了，但不知道，——是微笑呢，還是不出聲的對自己說些什麽呢？

他這樣的站了許多時，便突然換過方向，彷彿奉了號令似的，用了穩實的腳步走去了。

『帳房在那裏呢？』他問在路上遇到的第一個工人說。

『那邊。第二個門，』工人回答說，并且站住了。『報名麽？誰都不收了。』他又一半同情一半快意的補足了話而且微笑，同時在他菲薄的青嘴唇下，露出黑人一般白的又闊大又貪相的牙齒來。

綏惠略夫正注視在他的臉上，似乎要說：『——早知道了……』他推開門，跨進帳房裏。裏面已經等候着十來個人，都坐在兩個高的白刷的窗底下。當這明亮的背景之前，人只能看見黑影，在一個光滑的禿頭上，閃爍着靑灰色的光點，彷彿照着死人的頭顱。這些面目模糊的影子一時都轉向綏惠略夫了，但又便沈淪在照舊的堅忍的等候裏。綏惠略夫挺直的站在門口。寂靜了許多時。通到內面的門終于呀的開開了。一個肥胖短頸子的人忽忽的進到帳房裏。

『尼珂頗羅夫（Nikophorov），懲罰簿！』他用了自負的軒昂的聲口命令說。

書記便放下筆，向藍簿子堆裏搜尋起來。這時平坦的影子們，當這工頭進來的時候，早經站起了的，便從各方面移動過去，一時都圍住他。穿舊的上衣，有洞的小帽，骯髒的鞋，蒼白的臉帶着飢餓的眼睛和垂下的骨出的臂膊都出現在光亮裏了。

『工頭先生！』幾個枯燥的聲音一齊說。

那胖子又莽撞又忿怒的從書記手裏掣過簿子，向他們轉過臉去。

『又來！』他發出不自然的高聲說，『外面貼着布告咧喂！』

『請你容許幾句稟告，』一個年老的人略略前進，想緩和這工頭的口風。

『還稟告什麼！沒有工作——完了。沒有事……便是我們也就要停工。明白的很！』

暫時之間衆人都沒有話，似乎攣縮起來了。但那老人又流着眼淚，吐出發抖的聲音說：

『我們也知道……自然的，倘若沒有工作……那有這許多工作呢。可是支持不住了……我們餓死……但只要我們能夠向技師普斯多復多夫(Pustovojtov)說……這位先生前回應許過我們，查查看的……可不……』

他的發光的飢餓的眼睛充滿了求懇和憂慮，注視着工頭。

『不行！』這人忽然暴怒起來，打斷了他的話。

『菲陀爾，凱羅微支（Fjodor Karlovitsh）……』老人還是執意的求懇，彷彿沒有聽到似的。

『我對你們說過一百回了，』工頭發出很帶德國腔調的聲音說，這是先前所沒有聽到過的，但却不很響：『技師管不着這些事！』

『但是這位先生……』

『這人現在並不在工廠裏，』德國人遮住了他的話，轉過身去。

『怎會呢，這位先生的馬車現停在門外哩……』一堆人裏面的一個注意說。

工頭忽然轉向這面；臉上現出陰忍的憤怒來。

『那麼……停着就是！這於你們更好咧！』他嘲笑的說，並且又向門走近一步去了。

走去一般.

『菲陀爾，凱羅微支!』老人趕忙叫喊，又顯出一種舉動，彷彿要跟着他

德國人將眼光注在老人的臉上一剎時，說在他的臉上，或者不如說在

禿頭上.

『總之你……』他緩緩的快意似的說，『用不着到這里來.你算什麽

工人呢!』

『菲陀爾，凱羅微支，』老人絕望的叫道:『你開恩罷……便是我……

我却也總是好好的做過的呵.』

『早是這樣，現在也這樣，』工頭用了做作出的安閒說，『已經老了，兄

弟，靜養的時候了……最好不要再來，無謂了!』

他揑住了門的把手.

『你開恩罷，我是……』

然而房門合上了，老人的話只撞在黃色的類似嘲笑的牆壁上，返應過來。老人站住，撐開了臂膊只向周圍看，彷彿他想說：

「哪，好……這怎麼辦呢？」

忽而全班都胡亂蓋上帽子，向外走去。

但他們又並不走散，却像一羣家畜似的，都頭向着裏擠在門口，大約多數是再也沒有目的，教他能往那里走，只是無可措手的迷迷惑惑的惘惘的看他自己的脚。一個人點起一支紙煙來，別人的眼光便都很留意的跟着他看。這揉損了的紙煙許久沒有吸成。

「你不要正站在風頭上，」一個人和氣的注意說。

「唉……算了……！」那吸煙的突然發喊，用了全力將紙烟向牆壁擲去，於是站着，似乎自己再不知道怎樣纔是。

「喂，怎麼辦呢……我是三天沒有吃了……」一個蒼白顏色的少年喃喃的說又無端的微笑，彷彿等候着對於這說了的滑稽降下喝采來。

「第四天也沒得吃哩！」那一個想吸紙烟的，毫不爲奇的回報說。

這時從別的門口裏，用着高雅的快步走出了一個絕頂金色頭髮的紳士，一口翹起的茂密的髭鬚。他一出現，一堆的工人就起了一種莫名其妙的動搖，他們神經興奮的痙攣起來了，前走了兩三步重復站住，只有那老人拉下帽子，露出他髑髏的禿頭。技師的莊嚴的臉上便浮出淡淡的陰影來。他彷彿想要說話，但只是兩肩一聳，很氣忿的向上看，就怒吼道：

「斯退方（Stefan）！這邊！又見鬼……！」

帶子上有一個時錶的胖馬夫便將馬帶到門口。技師忽忙敏捷的跳上馬車的踏臺，便坐在吱吱發響的皮墊上。深黃色的快馮只一竄，便走動了：明晃晃的鬃毛發着閃光，膠皮輪旋了一個輭輭的半圓，於是馬車就輕輕的出了工廠的大門。那車還在亮光下閃爍一回，便不見了。

工人們也各各走散了。綏惠略夫走得最後。他兩手都插在衣袋裏。動了身，將頭仰的很高，急急的向街的那邊走。

在秋天的水一般清澄的日光裏，這大都會比平常愈顯得污穢與寒冷直如箭的潮溼的街道都罩在帶青的煙霧底下，一直那邊，是人，馬，房屋與路燈都融成一片渾濁的深藍，像浮在空中一般，鬼怪似的閃着海軍部譙樓的細瘦的金色的尖頂。

四

地窖子的飯店裏，是綏惠略夫吃午餐的地方，喧嚷起來了，淡巴菰烟，汗和餅餌的蒸氣的混合物，團成一種濃厚的黏氣，人們都宛然在烟瘴裏面似的消沒在這中間。

綏惠略夫坐在窗下，窗前是成串的人腿來來往往的走，他將肘彎豎在油透的桌布上，隨便看着鄰室，淡巴菰烟裏正有一些黑影，圍住了搖擺的彈子臺在那里動搖。枯裂的失聲，大聲的笑和罵詈，都從那邊響亮過來。鄰近的桌旁坐着一夥快活的鞋工。他們裏面的一人，是瘦削的少年長着一副很不自愛的相貌，耳朵上帶着耳環的，正在揶揄一個老實的農夫，竭力的想湊別人的趣，農夫卻將無思無慮的有趣的眼看着他的嘴唇。少年哄騙他，熱心的騙，愉快到嘶啞，有時連自己也忍不住了，便非常得意的拍着膝蓋，回過來向大家說，聲音裏滿帶着喜歡：

『這可眞是一個獃子呵，弟兄們！我沒有底的誑他，我沒有底的誑他呵，他都信了！……他實在都相信呢，弟兄們！』

農夫惶窘似的微笑，做一個擺開的手勢，轉過臉去了，但那帶耳環的少年又將胸脯靠着桌子，大張了嘴，重新得意洋洋的說起來

『起初，我住在班沙（Pensa）的時候……』

農夫一悚，便又伸出頸子來，將眼光極馴良的移在說話的人的唇上．

店門不絕的開合，同時也不絕的加添了新客和煙霧，那些詛罵的聲音，從外面來的，從扶梯那邊來的都已經可以聽到了．

黃昏只是深，烟霧只是密，低的頂篷底下的喧囂是沈重的塞着．喧囂，臭味，煙氣，人和詛罵都糾結成了大山壓着一般的汙穢的一團，人早不能從中一一分清了．

在綏惠略夫坐定的這桌子旁邊，不一刻就坐下一個瘦的長頸頸的人來，生得一副極暗色極緊張的臉。他外觀始終是非常之興奮。他忽而將頭支在手上，忽而偏看周圍或者連全身都向各處旋轉過去，又在所有的衣袋裏摸索，但尋不出什麼東西來。他幾次的看着綏惠略夫似乎想說話，然而沒有敢。綏惠略夫早覺得了，卻只是冷冷的看，並不招呼他。終於，當那帶耳環的少年用了特別的奇警的想頭，引工人們發出雷一般哄笑以及使那輕信的農夫陷入沒法的窘況的時候，這長頸子的人便轉向綏惠略夫，拘謹的微笑着，指那少年說：

『這大約也是游行者（二）罷！』

『是的……』綏惠略夫不甚願意似的回答說。

長頸子的轉過身來，彷彿就只是等着這一點，便正對了綏惠略夫，并且

註二　一種流浪的人民，游行全國，隨地作工覓食。

帶着一種相貌，像要落在水裏似的，說：

「朋友，你也是我輩中的，是……一個工人？」

「是的，」綏惠略夫依然極短的答。

長頸的人全身痙竦起來了。

「你聽呵，我想請求你……我纔三天呢，自從我到這都會以來……你可知道，我怎樣可以尋點事做呢……我是鐵匠……怎樣？」

他的眼睛懇求的看定綏惠略夫，他的臉仍舊留着先前一樣的緊張模樣。

綏惠略夫沈默了一會。

「我不知道，」他對答說：「我自己也沒有事做。尋不出工作……市面蕭條。這都會裏現有一兩萬無業的人哩……」

緊張着臉的人注視綏惠略夫，半開着他的嘴。於是他的臉變化了，漸漸蒼白起來，癱瘓起來，忽地現出純朴的無法的絕望的表情了．他將脊梁靠在椅背上，沒有希望的攤一攤手．

「你怎麽到這里來？」綏惠略夫突然發出質問，幾乎是生氣了．「你竟沒有先想到，這里都正在餓倒麽？你還是在原地方好．」

這人又將手一攤．

「這不行……上了黑簿子（三）我纔停了工作的……我在那里還做什麽呢？」

「什麽緣故？」綏惠略夫毫不介意的問．

「這樣的同盟罷工了．我是被伙伴選出的代表……那時倒也沒有敢照規則辦，現在可是，到了平靜之後，他們卻又想起來了．哪，——出去！」

「你在那里做工呢？」

註三　大約是認爲犯罪的人的名單．

「在礦山裏……當一個鐵匠。」

「你不是代表麼？……那麼，你的伙伴怎不爲你號召呢？」

綏惠略夫用了非常特別的峻烈的聲音追問着，但一面又注意的向旁邊傾聽那帶耳環的少年的新誑話。

鐵匠詫異似的看着綏惠略夫。

「號召能有什麼用呢！……開到了三連的兵，又架起一臺機關鎗……這就完了！」

「你預先沒有料到，這事會這樣的收場麼？」……

「這是……我們就期望着將來……暫時的事我自然也料到。」

「那麼你又何以合在一起呢？」

「這是……怎的——何以麼？伙伴推舉了我……」

「你用不着承認，」綏惠略夫回答說，那冷淡的眼光卻愈加向着旁邊。

「唔，那算什麼！……倘使大家做起來，那就怎樣呢？」

「但大家不是都給機關鎗鎮住了麼？」

「這又該作別論的……送死，——沒有這麼簡單。人們都有家眷，女人，孩子。」

「你沒有結婚罷？」

鐵匠一聳，低下眼光去，摸着前額低聲回答說：

「有母親……」

他便住了口，向屋角裏看；他此刻大約也正聽那帶耳環的輕薄少年了：

「於是技師想要將他的女兒給我做老婆，我可是謝絕了。」

「這爲什麼緣～～～故呢？」農夫同情的問，但已經有些疑心，又將好奇的眼光注在少年的肩上。

「就爲這個，我的愛，就爲了我是工人，是下等人，伊是闊人哪。自然，我也喜歡伊的，——很喜歡，——可是這樣，終於沒有要。辭行的時候，伊自己送給我香賓酒，還說：「我非常尊敬你，耶里賽爾·伊凡尼支（Jelisar Ivanitsh），要永遠掛念你哩。」哪，於是……伊送我一個金戒指……再好沒有的。』

『後來？』農夫愈加湊近身子去。

『唔，還有什麼呢？這戒指我現在還在，……五個盧布押在質庫裏了。我現在恰巧精光，將來我總要贖出他，帶上他……這該的，——何消說得，是一個表記哩！』

『講些什麼給你們罷，孩子們！』少年忽然轉了向，完全變換了聲音對別的旁聽的人說：『我在班沙，在一個英國人的工廠裏做工，招牌是摩理思（四）兄弟。這纔像樣呢，弟兄們！沒有罰，害病不扣錢，工人們住的是石造房子帶家具……唔，簡直是，我好像進了天國了……這老英國人自己是，對人總是稱您，總是拉手，簡直一個朋友……不像我們這里似的，不的，這可以說，將人的生活給了工人了而且……」

「哪，胡說夠了，」農夫忽然發了怒，一擺手做出一個醒悟的手勢。「只亂談，連自己也不知道說什麼……我笨驢，還聽着……」

「有上帝在，這是眞的！」少年用了誠實的確信立誓說。

「唉，你——你！」農夫愈加氣忿了。「說大話——呸，鬼！」

他憤憤的起立，走到屋角，被侮似的獨自絮叨着，在那里揑一支紙烟。

鐵匠極速的向綏惠略夫彎過身來，對他低聲說：

「是六月裏離的家……恐怕老年人已經餓死了……」他的黑色的臉痙攣起來了。「是的，如果一定，尋不到工作，還有什麼別的呢……從橋上

註四 William Morris 1834–96 是英國有名的文人，主張勞動的藝術化，曾經創辦靡理思公司，又擬設聖喬治工會，實行共產生活，沒有成。這里所說，大約只是隱射他的兩件事。

到水裏……」他將肘彎豎在桌上，手指都埋在蓬鬆的頭髮中間。
「獃氣。」
「別的還有什麼呢？」鐵匠暫時抬起頭。「餓死麼，怎樣？」
綏惠略夫平靜的惡意的微笑。
「人說，淹死的死最是怕人。倒斃在飢餓裏也許較好罷……」
鐵匠在黑臉上大睜着眼睛，向綏惠略夫只是疑問的看。
「你投下水裏去，會有什麼表示出來呢？……減少一個飢餓的人，他們倒反好……」
「那怎麼樣呢？」
「你還是尋工作去，如果你不能翻出更好的事來。」綏惠略夫推開說。
鐵匠現出了絕望的神情。
「我尋了六個月了……什麼地方都不肯收，因爲我是一個「關係政治的！」……在火房子裏過夜，時常整三天沒有食吃……卽使我現在眞得到工作，我也怕再沒有力氣了。前天我去募化，我已經到了這地步了。」

「什麼？」

「這很明白……討飯，沒有別的……走過了一個太太，我就求乞了……」

「伊給了甚麼呢？」

「沒有。說，伊沒有零碎錢……」

綏惠略夫將手擱在桌上，又用指頭敲打起來了。鐵匠又熱心又失望的看着這旋轉的神經性的運動。周圍是哄笑，喧嚷與詛咒，彈子房裏響着彈子相撞的鈍聲，有一個，確是打壞了，發出一種聲音，像汽車走在遠地裏似的，在檯布面上滾。帶耳環的少年也移到彈子房裏去了，人從那邊聽到他得意的聲音。窗下也照舊，人腿往來的走。人覺得，在這窗邊故意來往的，只是同一的這些人過去仍復回來，在房角後站立一會，於是又跑過去了。

「就是了，但你爲了這故事至少也贏得一點東西罷？」綏惠略夫問。

「確的！」鐵匠大聲說。

在他的黑的失望的臉上，顯出一副閃電的變化來：眼睛發了光，昂起頭，先前的緊張的表情，漲滿在瘦長的全身的姿態上了。

「我們是，你知道，在礦山做事的。那委實是毫無知識的羣衆呵。固然也沒有別的法。整日裏，從早晨五點到晚上八點都在地底下的。夜間跑到屋子裏，吃，睡……到四點鐘又早吹着起牀的叫子了。灰塵，潮濕，傷風，又常常是爆發……我們的礦裏爆發過兩回：一回死了十八個人，又一回是二百八十二個……監獄裏面似的生活……倘將一個礦工送往西伯利亞去，他要覺得那邊好到百倍哩！不消說得，這些人們也是糊塗而且麻木要到絕頂。只有在我們這板棚的工人——有教育的——是一個有智識的團體。一切都有組織。我們也是開首的唯一的主動的人……這不是容易的事呵．角角落落都有偵探。極微末的小事也都報給技師；伊凡諾夫(Ivanov)，彼得羅夫(Petrov)，以及別的某人，全都相信不得。這之後，二十四小時之內，就——開除了……鼓動是非常之難……但我們終於在我們的板棚裏活動了。』

鐵匠很有精神的軒昂的微笑。

人就可以領會了，他在這所謂「活動」上費去了多少人間以上的勞力，當他纔能目覩那第一次成功的時候，他經歷了多少的危難，苦痛和憂愁。

綏惠略夫留心的看他。

『我們都爭到了；規定了工人的代理法，集合權，居住問題，改良了病院，趕走了老耄的醫生……那是一匹畜生……我們設起圖書館來，將我輩中的一個放在裏面。』

『因此鎗斃了許多人罷？』綏惠略夫外觀上很漠然的插口說。

『不，那時倒也通過去了……兵是在的，但人還沒有教開鎗．那時還有些懼憚呢……到後來，總是……』

鐵匠做一個失望的手勢，軒昂的表情漸漸從他瘦的黑臉上消去了．

『照例的，黑百人團（五）進來了……起了分裂了，於是監督這邊，一覺察到一切全都分崩，便立刻利用了這機會放手做……我們的代表們都逐出了委員部，他們的位置上都擺上黑百人團和工頭，委員部的同人下了獄，圖書館解散了……』

『他們却只是靜靜的瞪着眼看麼？』

『我們當代表的幾乎全下了獄．』

『不是說代表，是工人們自己……你們所運動起來的那些人？』

『哦……我先前說過，坑口前面架起了機關鎗．』

註五　眞正俄人團體的團員．

「阿・是的……機關鎗……」綏惠略夫用模糊的表情拖長了他的聲音.

鐵匠沈默了一會;他的臉更加痙攣了.

「你知道……他們怎麼做,只有上帝明白罷了.什麼都做出來,皮鞭,鎗斃,強姦女人……最苦的是委員部的同人……我還算好,因爲我是歸在第一批裏拘留起來的……別人被獲便不是這樣了……我們的圖書管理員被一個可薩克兵繫在馬鞍上,飛跑着獵進城去,兩條臂膊是反綁的,倘他站住,他的臂膊便要扭斷.他跌在泥淖裏,又在地面上拖……後面又馳着一個別的可薩克兵,用矛儘刺,逼他走!這豺狼……許多人哭了,見他這模樣的時候……」

「哦,原來,哭了!」綏惠略夫復述的說.

在他冰冷的聲音裏.響出一種獰猛的無可調和的輕蔑來.他的臉雖然

照常一般平穩，他的指頭敲着桌面却愈快了。

鐵匠分明省悟了，因爲他的眼睛發了光。

『是的，哭了……而且還要哭下去……但在眼淚裏是混着血的。』他擎起手來，將黑的手指一旋轉。他的臉全都痙攣，似乎他的精神在陰慘的激昂裏緊張起來了。

綏惠略夫冷冷的微笑。

『你們將你們的血淚估得太賤了。』他輕蔑的撂開說。

『無論貴呢賤呢，報讐是不會干休的！』鐵匠用了巖石一般的，幾乎發狂似的確信回答說。

『這不會干休麼？……什麼時候呢？……倘若你們餓的倒斃了？』

鐵匠吃驚的看着綏惠略夫的眼，在生着一對閃閃的空想的眼睛的，瘦損的黑臉上，現出劇烈的交戰的痕迹來。不少時候，他們眼對眼的看。綏惠略夫沒有動．鐵匠低下眼去，他的瘦長身子鬆懈了，將頭支在手上，執意的答道：

「且卽使……在比較上我的生命也有些什麼價值呢……」

「不，沒有價值！」綏惠略夫苛刻的截住了話，立起身來．

鐵匠急忙抬頭，還想說些話，但又便低下去了．

「哈，這成了醉死鬼了！」有人在旁邊的桌上叫喚說，又噴出酩酊的粗獷的笑聲．

綏惠略夫立了片時，沈思着，動着嘴脣，然而沒有說，只是微微的苦笑，高仰着頭走出門外去了．

黑鐵匠沒有抬起臉來．

五

廣的，直的眼界徑展開去，寒冷的天空罩在上頭。一直到蔚藍的遠地裏，眼力所到的處所，只見得黯暗的斑爛的潑剌的人山忙着前進，聚集，擁擠和相撞，被馬車的無盡的長列與市街電車的鐵道截作兩堆，沒有一刻顯得他們的增多或是減少。

房屋都華美，商品展覽窗是寬大而且有光，市街電車的柱子與街燈都又淡雅又優美。便是這天空底下的空氣與日光也顯得格外澄明。呼吸比在空地裏更覺得輕快，血液也活潑潑地在脈管裏奔流。

在綏惠略夫的前面，後面以及兩旁，滿塞着無窮的人鏈子帶着很活潑的，正過佳節似的相貌。各方面都發出笑聲，語聲，絲綢摩擦聲，而在所有糾結起來的喧嚣上面，又浮出了街道電車的鈴號，與輭輭的忽而水波似的軒擧了，却又低下去的馬車的輪聲。

綏惠略夫將手埋在衣袋裏，高仰了他的頭。

他面前蹚着一個胖大的紳士，斜戴了帽，玫瑰色的疊套的頸子上，橫着柔輭的保養得法的皺襞。他的步調又穩當又輕捷，帶着櫻色手套的手裏揮一支散步的手杖。

擺在短短的玫瑰頸子上的頭顱毫無顧忌的向各處回旋，看到女人便尤其興會淋漓的賞鑑。大約是，他該是剛纔吃過午餐，於是來吸些新鮮空氣，使他滿足的興味更加得到愉快，幷且飽看標緻女人的臉，藉此扒搔他因為吃飯而興奮的神經。

綏惠略夫許多時沒有覺到他，但那玫瑰頸子執意的擺在他眼前而且那享福的頸子的皺紋又只是每一步蠕蠕的顫動。於是他的沈重的嚴酷的眼光終於釘住他了。

綏惠略夫的眼光裏，忽然現出一種嚴重的冥頑的思想來；他在這頸子的後面走。一羣女人遮了綏惠略夫的路，他雖然全是機械的，却急忙閃開，撞了一個軍官，但仍然走，也不理會那大聲的駡着「昏東西」只是跟定了玫瑰色的頸子，緩緩的，固執的，不捨的。

在他明亮的眼睛裏，異樣的險惡的表情愈加緊張起來了；一種決不寬容的力，透徹到極分明的橫在中間了。

倘使玫瑰頸子的胖紳士迴過臉來，看見這冰冷的眼光，料他便要鑽進人叢，擠在他們活的堆子裏，並且絕望的現出苦相呼救了。

綏惠略夫的思想用了發狂一般的速度在熾熱的腦裏回旋，愈回旋範圍便愈狹隘了，終於將非常沈重的憤怒集中在玫瑰色的頸子上，有如百磅巨石壓着人的頭顱。設若有人，想用言語說出這思想的核子來，便該是這意思：

『——，你走……走罷！……　但你要曉得，如果有怎麼一個幸福者，飽滿者，在我面前走，我說：他這飽滿，這幸福，這活着，就只因爲我允准！……　這瞬間我也許計算，那就只給你再有二秒，一秒，半秒鐘的活……　各人都有生存的神聖權利這種可憐的話柄，在我面前現在早不能成立了！我便是你的生命的主人！……　誰也不知道這日子和時刻，其時我的忍耐達了極點，於是我來，爲的是要將你們全班，凡有在你們一生中壓制我們，從我們搶去了美和愛和太陽，將我們咒禁在永遠一無慰藉的勞動奴隸裏的這些人，全都處治！我也許正在你這里要拒絕了生活和享受的允准……　我伸出手來——從你的玫瑰色的頭顱裏便迸出鮮血和腦漿，撲通的倒在馬路上！……

我便是我的靈魂的唯一的法官與執行者……　各個人的生命都在我的權力底下，我能將他摔在塵土與泥濘裏，我要做就做！……　你要曉得，並且說給全世界！……　這是我的話。』

可怖的暴怒抓住了綏惠略夫，一剎時一切東西在他眼裏都消失了，只剩下玫瑰色的人頸子像發光的一點模樣，固執的在白茫茫的朦朧中間；——在衣袋裏，痙攣的手指緊緊抓着的，是冰冷的手鎗柄的感覺，——相對的是玫瑰色的活動的一點……

紳士只在前面走，揮着手杖；挺拔的雪白的衣領上，天眞爛熳的抖着玫瑰色的皺紋。

綏惠略夫跨上一個急步，勃然的昂了頭，似乎要向空中發出狂暴的憤怒與復讎的叫喊……

但他同時又忽然站住了。

從他菲薄的緊閉的嘴脣裏，洩出奇妙的微笑來，他的手指展開了，突然轉了向，他往回走了。

輕浮的斜戴的帽底下有着玫瑰色頸子的紳士，揮動手杖，從帽簷下偸看着標緻的女人，還是走，不一會便消失在喧嚷忽忙的人叢的中間。

綏惠略夫斜走過街道，這時幾乎要擅到市街電車的車輪底下去了，自己却並沒有覺得，就沈沒在一條冷靜的小巷中，是通到他空虛的屋子的道路，彷彿一個凶險的影子似的，從昏暗裏出現，又在昏暗裏消滅了。他的眼睛是照常的平靜和明朗。

六

人在樓梯上已經聽到絕望的女人的叫聲，當綏惠略夫經過昏暗的廊下時候，看見一間房子開着門，在這房裏他早晨就聽得孩子啼哭了。他雖然過的快，却已瞥見了臥牀和箱櫳，上面積着一堆破衣服；半裸體的兩個小孩並坐在牀沿上，懸空掛着腿又現出吃驚的神情；一個七歲左右的女孩兒靠着桌子，一個高大的瘦女人用雙手將紛亂稀疏的頭髮從臉上分撥開來。

「我們怎麼辦纔好呢？你可曾想過沒有，你這獸子，你這零落的？」伊絕望的摔開喉嚨的喊。

綏惠略夫並不遲留，便進了自己的住房，脫去外套，坐在牀沿上。他留心聽着。

那女人仍舊大叫，伊的病的悲痛的叫聲響徹了全家，極像一個將要淹死的人的求救．伊雖然詛咒，罵詈，責備，但其間並不夾着一些特別的憎惡．這只是絕頂的無法的絕望的悲鳴．

『我們帶了孩子到那里去呢？路上去麼？求乞麼？還是我賣了自己，對咧，給你的孩子們買麪包呢？你怎麼不開口？……你是怎麼想來？……我們現在到那里去呢？』

伊的聲調愈喊愈高，肺癆的吹笛似的可怕的聲音也淒然的迸出了．

『唉唉，他們什麼不說呢！……這革命黨！……反抗起來！……你有什麼權利，竟反抗起來，如果你只靠着同情纔得保住！……你本來是什麼？勝過你的人尚且忍耐着過活……不能忍耐麼？即使有人唾了你的臉，你也該默着……你要記得．你有五張挨餓的嘴坐在家裏呵！我懇求你，這高尚．你能怎樣高尚呢，你這乞丐！你該要的是麪包不是高尚……眞的，你看，一個教員對着長官不總是低頭麼！……呆子！蠢物，零落的！』

女人的聲音斷續而且喘鳴了，直至發出苦惱的內臟迸裂般的咳嗽來，伊喉噎，嘶嗄，咳唾，幷且完全氣厥，伊彷彿爲死所苦的狗子似的呻吟。

『瑪申加(Mashenka)，你應該畏憚上帝，』一個可憐的挫折的聲音緣能聽到的喃喃的說，而對於這無端的辱駡的，溫和無法的意識的與絕望的眼淚，也一倂響在中間。——『……我實在沒有別法了……我是一個人阿不是一條狗……』

女人噴出尖利的笑來。

『你是怎麽的一個人呵！……你正是一條狗！你將小狗散在世界上了，就應該緘默一點忍耐一點……倘你是人，我們就不會住在這洞裏，而且三天只吃一頓了……我也用不着赤了脚滿處跑，洗別人的破爛布了！人……你模樣倒是的！你和你的人眞該詛咒呵！……我們餓了一年半了，待到我用我的眼淚求到一個位置，在別人脚跟下纒繞着走，像一個乞婆！…

：你先前實在顯了你的義勇了……　救了俄國了……　因此自己就要倒斃在飢餓的圈裏了！……　看這偉人罷！……　啊，上帝呵，我初次見你的日子，該得詛咒呵！……　廢物！』

『瑪申加，畏憚上帝罷！』從伊的暴躁的叫喚裏，發出一個絕望的男子的聲音。『那時我還有別的法子麼？大家都去……　大家都指望……　我想到，這……』

『你正應該想到！應該！……　別人許沒有肚餓的人口背在他們的脊梁上……　你有什麼權利，爲了別人去冒險呢？你可曾問過我們？你可曾問過孩子們，他們可願意爲了你的俄國去餓死麼？你問了他們沒有？……』

『這是我意料不到的……　我也確切像衆人一樣，願意一個更好的生活……　爲你們，爲你……』

『更好的生活！』女人完全歇斯迭里狀態的大叫起來，『你還有什麼夢見更好的生活的權利呢。你已經不能更壞了，我們就要到村子裏去乞食了！我呢……我又肺病……』

暴躁的，裂帛似的咳嗽噎住了伊的訴說。一兩分間，人只能聽到喘鳴，於是伊用了極可憐的氣厥的低音說，但在全家都可以聽得分明。

『你看……我就要死了……』

『瑪申加！』男人發喊說，而在他微弱的叫喚裏，含着無限的末路的悲哀，悔，愛，連綏惠略夫百不介意的臉也抽成痙攣的苦相了。

『什麼瑪申加！』女人得勝似的，用了不幸的人的苛酷，叫喊，說：『你得早一點叫「瑪申加！」……我現在是怎麼一個瑪申加了，——我是死屍了……你懂麼，一個死屍！……』

『娘！』忽然有孩子的聲音說。『不要這麼說，娘！……』

『可不要哭呵……體上帝的意思！』男人叫喊說。『怎麼了——怎麼

——怎麼——我却不能……人對着我……當面說畜生，呆子——怎——不要哭了……體上帝的意思算了罷！……我……我上吊罷了……這要比……」

「哈，上吊！」女人非常明瞭。幾乎冷靜的說：「你上吊，我們該怎麼呢？……我是上吊不成……你上吊，這里的都餓到倒斃麼？理蘇契加（Lisotshika）站到納夫斯奇（Nevskij）路上去，怎樣？……好，你上吊罷，你上吊罷！但你要知道，便是套在圈索上時，我也還要詛咒你！……」

一種希罕的鈍實的聲響，像頭顱打在壁上似的，傳到綏惠略夫的耳中。

「算了，算了罷！」女人急切的叫喊，徑奔向他。「算了，算了，略沙（Liosha）！……」

斷續的，聽得痙攣的掙扎聲音，一把椅子倒下了。男人喘着氣，在叫喊與喘息之間，透出入腦殼撞着牆壁的激烈沈實的聲響。

「略沙，略申加（Lioshenka），算了罷，算了！」女人尖利的叫，人陡然聽到一種新的鈍音，像頭顱正磕在軟的東西上。大約伊將手襯在伊男人的頭和牆壁中間了，以致他在他歇斯迭里的發作狀態中，便撞在伊這里。

孩子們突然啼哭起來了。最先大概是最大的女孩子，接着便是兩個孩子一齊哭，那掛着脚坐在牀沿上的。

「略沙，略申加！……」女人發熱似的喃喃說：「罷了，罷了……饒恕我……罷了！……好，沒有事，……什麼事都沒有……我們看看就是……自然的……你那有別的法子呢，人太欺侮了你……略申加！……」

伊訴苦似的斷續的嗚咽起來了。

綏惠略夫向那邊伸長了頸子；在他蒼白色的臉上，現出悲痛的痙攣來。

那里是寂靜了。人只還聽得。有誰正在無助的悲戚的欷歔，但又分別不清，是大人或是孩子。

黃昏到了，在他青蒼的，飄飄的掛在空中的蛛網一般的微光裏，這唏噓更顯得當不住的追壓與傷心。

於是連這也沈靜了。

在長廊下，帳幔後面又聽到夾着咳嗽的交談的低語，兩個細小的聲音，時時間斷，彷彿怕誰暗地裏聽得似的，竊竊的說，一半驚懼，一半消沈，其中綏惠略夫僅能懂得的是：『不肯低頭麼，嚇？……對着官員放肆了……官員說這人是呆子……嚇？……人就不能卑下些？……沒有卑下……嚇？……說阿，對着官員……胡鬧……對着他的恩人……嚇？』

綏惠略夫的指頭在膝蓋上愈打愈快了。門口響起尖利的鈴聲。老人們寂靜了。沒有人去開門。鈴又發了響。人聽得帳幔後面熱心的低語着，這人催促那人，那人又不肯。門鈴第三次發響了。

於是帳幔這邊，有搖擺的脚步聲從廊下拖曳過去。

『怎麼沒有人開門？都睡了麼，怎的？』剛開門，亞拉耤夫便問．

他大踏步走過廊下，開了他住房的門，用愉快的溫和的喉音叫道：

『瑪克希摩跋！……給我撒摩跋爾，好麼？』

這很異樣，在這迫塞的苦悶的沈默裏，聽到這樂天的聲音．他沒有得到一句回答．亞拉耤夫將頭伸出廊下去，大聲說：

『伊凡．菲陀舍支（Ivan Fedossjetsh），瑪克希摩跋沒有在家麼？』

一個恭敬的粘滯的聲音從帳幔後面答應出來：

『瑪克希摩跋出去一會，舍爾該．伊凡諾微支，同阿爾迦．伊凡諾夫那（Olga Ivanovna）到教堂裏去了．』

『哦～～，』亞拉耤夫沈思的說，『那你可否替我，伊凡．菲陀舍支，安排起撒摩跋爾來呢？』

『就來，』老人非常順從的答應，赤了脚拖着橡皮鞋，曳到廚下去了．

亞拉藉夫自己唱着些什麽，打一個呵欠，便來敲綏惠略夫的門。

『鄰人，你在家麽？』他大聲問。他大概有些倦怠，要同誰說些閒話了。

綏惠略夫沈默着。

亞拉藉夫等候一會，便又高聲欠伸，並且攤開了紙片。寂靜了許多時。在廚房裏，聽得撒摩跋爾管子的馬口鐵顫動聲響。以及水的煮沸的聲音；隨後便嗅到了燃燒的木片的氣息。

其時老婆子也從帳幔背後爬出，怕敢似的望着教員這房間。那邊是無聲的，沈重的絕望流布開來，瀰漫了全宅。亞拉藉夫大約也稍稍覺着這情形了；因爲他時時不安的轉動，立起了許多回，而且似乎歎息。有東西貫通了空氣，壓住一切了。老婆子爬進廚下，茶杯便格格的響，隨將茶具搬到亞拉藉夫的房裏。

『怎麽要你勞駕呢，瑪利亞·菲陀舍夫那（Morja Fedossjeyna）？』亞拉

耤夫溫和的但又懶懶的說，

「這算什麽，舍爾該．伊凡諾徵支，我甚麽時候都可以給你當差，這那里是你自己該做的事呢，」婆子急急回話，略帶些唱歌的口吻。伊站在門口，用了細小的諂媚的眼光只看着亞拉耤夫。

「有什麽事了？」亞拉耤夫問，他已經悟到，伊想有什麽話說了；他又大聲的欠伸一回。

老婆子立刻走近，纔能聽出的絮絮說。

「我們的教員被人撤了差使了……」

伊惴惴的說，但同時很帶幾分喜歡。說出之後，又惶恐似的向亞拉耤夫只是看。

「你說什麽！這甚麽緣故呢？」亞拉耤夫非常關心的問。

老婆子更加走近：

『對上司胡鬧了……上司就只是說了一兩句話，他們却——並不卑下些，反而胡鬧了……』

『唉……可惜！』亞拉藉夫憤懣的說。『他們現在怎麽辦呢？他們實在是全無所有，——全然！』

『對咧，舍爾該．伊凡諾微支，窮到精光！』伊大得意似的點着老的打皺的小頭。

『昨日瑪克希摩跋纔告訴我，他們兩個月沒有付伊房租了……』亞拉藉夫沈思着說。

『不付房租，不付……』

『一件壞事情！』亞拉藉夫歎息。『完全完結了。』

『已經完結了，舍爾該．伊凡諾微支，已經完結了……怎會不完結……他應該預先想想，安靜些，人也許饒恕他了……上帝要這樣……他們却是……高傲；還要說——我們是高尚的……這就滾出了……他該彎腰纔對呢……」

「如果被人正衝着臉辱駡了，他怎能彎腰呵，」亞拉藉夫一面想着些事，一面憤憤的說。

「阿呀，小爹！小百姓……什麼叫侮辱……應該打熬的百事更好……百事便都照常……這却不行……」

「人也不能百事都忍耐呵……」

「能的，小爹，永久能的……小百姓應該都忍耐。我是，年青時候，在亞拉克洵(Araksin)伯爵家裏做一個使女……亞拉克洵伯爵你一定知道罷？」

「惡鬼知道他！」

老婆子大吃一驚；伊彷彿受了侮辱了。

「怎麼惡鬼……伯爵自己是在元老院的，單是房子，他在墨斯科和畢台爾（六）就有一兩……」

「哪，就是了……以後怎樣呢？下去？」

「喏，慈善的大小姐這里一隻手鐲不見了……便疑心在我身上。伯爵動了氣，他們有一樣脾氣，是性急的，他們便在我臉上打了三個嘴巴，斷掉了兩枚牙齒……倘是別人呢，大約就要去告狀了，我却打熬着，——你想是怎麽的呢，舍爾該·伊凡諾微支？那手鐲却是弟大人，尼古拉·伊革那諦微支(Nikolai Ignatjevitsh)伯爵拿了……非常之好逛，拿了鐲子去了。待到事情全都明白，伯爵便親自給我一百盧布……」

老婆子愉快到幾乎喉噎，而且在伊完全打皺的臉上溢出得勝的微笑來。

「倘使我那時不打熬，我就得不到伯爵的賞了……見證除了伊凡·

註六　Piter，彼得堡的通稱。

菲陀舍支，他那時在他們那里做僕役，沒有別的人．伊凡．菲陀舍支又是，對於伯爵不能說什麼……』

『怎麼不能呢？』亞拉籍夫憤然的詢問說．

『但是我想，怎能對着伯爵？……』

『哪，你曾說，他是你的未婚夫呵？』

『唔，怎麼呢，未婚夫？』……老婆子非常驚愕了．『他是我的未婚夫，但對了那樣的貴人去出頭，那里行呢？他不過一個小的．我想，最好，——我打熬着．——後來——還是我不錯……』

『呸！』亞拉籍夫氣忿忿的唾棄着，轉過身子去了．

老婆子只是惶恐的向他看，從伊的小眼睛裏，立刻湧出恐怖的眼淚來．

其時老人正從房門口側着身子，將撒摩跋爾搬到房裏．他將這安在桌上，擔心的向他女人這邊看，又看了背坐的亞拉籍夫，便去拉他女人的袖口，老婆子吃驚的回看他，兩人的態度都顯出十分恭順的表情，一前一後的躄出廊下，不一會他們的斷續的慌忙的絮語便又從帳幔後面發作了。

亞拉藉夫斟上茶，正在坐下要喝的時候，廊下便起了鈴聲。

一個男人聲音簡短的問道，『亞拉藉夫在家麼？』

出去開門的老人，趕忙答應說，『在家，先生，請……』

一陣風暴似的脚步響聲，便敲亞拉藉夫的門。

『進來，』亞拉藉夫大聲說。

房裏面走進一個短小的黑的小男人，老鷹臉帶着一副圓的眼鏡，很顯得怕人。

『啊！』亞拉藉夫引長了聲音說，從他語氣裏，便聽出他對於這訪問不甚歡迎，多半却是困窘。

『好日子。』

「好日子……你要茶麽？」

「什麽茶，——鬼纔要！」小男人大不喜歡的說。

他極謹慎的脫下外套，摸出一個用紙張包的極密又用線索細着的物件來。

「怎麽這個？」亞拉藉夫快快的問道。

小男人將物件在桌上放得平穩，四面都用書籍小心圍住了，使他不會掉在地面上。亞拉藉夫擔心的看着。

「很簡單，……他們幾乎拿住我的領子了……費盡力纔跑脫的。鬼肯給這類東西尋一處地方！我拿到你這里來了，你懂麽……還有這件……」他極速的伸手到衣袋裏，扯出一個包裹來，也放在桌子上。「明天早晨我取去……」

亞拉藉夫不開口。

『看來這紳士是涵容不住似的？』小男人用隨便的却又帶些輕蔑的口吻說。『這一點小惠你也確可以做罷。你目下正安全哩。』

亞拉藉夫站起身，臉上現出了交戰的感情在房裏面走。

『你現在完全是一個穩和派，理想派，快要成了託爾斯泰派了！』老鷹臉的人彷彿從口袋裏傾瀉出來似的說出他的話來，一瞬間也沒有靜。

『你空費氣力的，想苦惱我，維克多爾（Viktor），』亞拉藉夫用了從悲傷而來的氣忿說：『這東西我收着——自然是……明早為止……但你應該理解……』

『你收下？』小男人迅速的問，——『這是第一要緊事，此外全聽你的便，我們用不着紛爭。』

『但是，我們總得弄個明白呵！』亞拉藉夫確乎的回報說，漸漸的紅漲起來。他的眼睛發了光。

『何以？』那人用了做作出來的冷淡模樣說，又倦怠似的回過臉去。

『便爲這，』亞拉藉夫憤激的說道，『因爲我們是多年的朋友，而現在……』

『阿，算了罷……記着這樣的細事，有甚麼用呢？』

亞拉藉夫愈加窘的臉紅，沈悶的憤怒的呼吸。

『在你也許是細事……我却不以爲然……你以此自負也可以……這在我並非細事，我願意你至少總有一日理解我……我們彼此便明白……』

『你知道，在我原是永不……』小男人外觀上優柔的說，他的射人的眼睛在眼鏡底下飛速的一睔：『但如果你一定願意呢……』

『是的，我一定願意！』

那人兩肩一聳，暫時又坐下了，似乎他準備着一切的犧牲。

亞拉藉夫看見這麼樣，按住了憤怒，再用勉強的平靜往下說：

『第一是我之所以離開你們的，並不因爲怕，或是……這你都完全知道，維克多爾，你至少也得公平一點纔是！』

『沒有人這樣想的，』老鷹臉的人輕輕的羼上說。

『總之我之所以和你們離開，原因就只在我的見解從根本上非常明白的改變了，現在，即使不從理想上說，單就幾個戰爭的方法而言……我曉得……』

『唉唉，愛的上帝呵！』小男人突然直跳起來，『你就此饒了我罷……我們知道……你曉得……我們知道……曉得……人不能從暴力得到自由，人應該教育國民以及這樣那樣……我們知道……』

這話從他嘴裏奔迸出來，彷彿是，堵住了許多時候，現在卻一時放出似的。他自己也在屋子裏旋風般往來，他的鷹臉向各處顧眄，圓眼鏡也閃閃的發光，又揮動他帶着要攫拿的鷹爪的兩手。

亞拉藉夫立在房的中央，竟尋不出一些機會來，可以插上一句話。他不被理解的事，在他是無從測想了，第一是在這人，很久的和他生活過，愛他，信他，不理解他了。但他一刻一刻的分明感得，在他們之間已經生出了不能通過的界限，所有言辭在這里便都滑跌下來了。

他們多少離奇呵，先前不久他們還很接近，似乎要互印精赤的心的，忽然用了疏遠的言談相應對，這只因爲亞拉藉夫明白，無論用了什麼名義去做，殺人畢竟不外乎殺人罷了。只有愛，只有無限的忍耐，人類在許多世紀的經過中一步一步的彼此實踐過來的這兩件，纔能夠將原始的戰爭，就是強權與壓制，從歷史上驅除。與這偉大的亘幾千年的事業一相比較，那一點金屬與炸藥，從一個憤激家的手腕裏投擲出來，在兩寸見方的地面上灑一些鮮血，以及喚醒那戰爭精神復讎精神的大隊之類，怎能做得清楚呢？亞拉藉夫悶悶的歎息，他的強壯的兩手悲痛的交叉起來。

『是的，怎麼辦……我自己看來，我們不會理解的了，』他憂鬱的說，走向桌旁，低着頭坐下。

『不消說我們不能理解的了，』那人迅速的同意說，『這也多事了，還來費些脣舌……』

亞拉藉夫彎他的指節而且默着。

小男人遲疑的站立片時，看着亞拉藉夫的臉。於是他忽而奮迅起來，又立刻是暴風雨的舉動。

『無論如何這東西明早爲止總可以存在你這里罷？』他逼緊的問。

『唉，上帝呵……』亞拉藉夫悲痛的答說：『這全然一樣……我以爲……第二層的事……這里或是那里，都一樣……關於我的並不在此……』

『那麽……很好……到那時——再見……我明早再來……』
小男人突然抓起帽子，伸出尖瘦的手來．
亞拉藉夫慢慢的伸出他的手．
這人無意中緊緊握住了．圓的眼鏡玻璃裏彷彿顯出沈思的神情．但在同一瞬間他不只將亞拉藉夫的手放下，簡直是摔去了，他說：
『我未必自己來……別的誰罷……口號是……「伊凡．伊凡諾徵支．」』
『好……』亞拉藉夫答說，沒有仰起頭．
『那就再見！』
小男人將帽子罩上他的圓的䳺頭，闖到門口．他在門口忽然站住．
『這可惜！』他用了異樣的聲音說，在他閃閃的眼鏡玻璃下，他的小而銳利的眼睛也潤溼淒涼了．但他立刻自制，點一點頭跳出門外．他在那地方回看帳幔，又瞥着各個房門，吸一口氣，眼鏡一閃，在樓梯上消失了。

亞拉藉夫靠了桌子默默的坐着。

七

黃昏時候，瑪克希摩跋和做針黹的姑娘阿倫加(Olenka)從教堂回來了。伊沾帶着薰陸香的微香，夢一般的虔敬還浮在伊們的臉上。阿倫加沒有除去頭巾，卻只教搭在肩頭，就桌子前非常恍忽的坐着；伊的青白的細瘦的兩手落在膝上。瑪克希摩跋也站的同樣沉靜，但忽而嘆息，似乎定了神，動手除下伊沉重的土耳其的斑紋的罩布。伊的臉照常的憂愁而且乾枯。伊熟視阿倫加，又自言自語似的說：

「人應該再修飾些……」

「甚麽？」姑娘吃驚的問，抬起明朗的眼睛向着老女人，忽然又泛出無力的微紅來。

「修飾，好孩子，我說……」瑪克希摩跋提高了聲音。「華希理·斯台派諾徵支(Vassilij Stepanovitsh)已經說定，七點光景要來的．你裝飾起來罷．好麽？』

『今天？』阿倫加用了無助的惶恐大聲說，立刻又變作青白顏色，彷彿一切生命驟然離開了伊的身體，只留在睜着的充滿了憂愁和羞恥的眼睛的中間．

『又什麽呢？不是今天，便是明天．又何必多……運命是逃不出的，別的機會不能就有．像你這樣的人市裏多着呢……上帝不知道是怎樣一件寶貝．』

阿倫加的臂膊直抖到滿帶針傷的指尖．伊用了淚汪汪的眼睛祈求的向着老女人看．

『瑪克希摩跋……這還是明天好……我……我頭痛呢，瑪克希摩跋！』

在伊天眞的聲音上，響亮出無路的惶悚與動人的哀訴，竟使坐在門後面的暗屋子裏的綏惠略夫，也轉過頭來，用心靜聽起來了。

瑪克希摩跋沈默一會。

『唉你，我的可憐的人呵！』伊欷歔說。『你將來做甚麼……我知道……』

『甚麼等着你呢！』伊正要說，但又呑住了，只是仍復說：

『你甚麼也不能做！』

『瑪克希摩跋，』阿倫加用顫抖的聲音說，祈禱似的合了掌，『我……我還是做工的好……』

『會合夥做許多工！……』瑪克希摩跋帶了劇烈的憤懣說，『你那里有用呢？……比你漂亮的也上街呢……你却又聾又癡……不必有一點小事情也就會完結了。還是聽我好，決不會壞的。倘使我死了或者全瞎了眼：

……你怎麼辦呢?』

『那我便到菴裏去，瑪克希摩跋。我情願做道姑；菴裏多好……多靜……』

忽然間，全不自覺的，阿倫加大張了靈感的眼睛，那眼光沈思的興致勃然的望着什麼處所，遠在牆壁的那邊，說：

『我願意是一隻大的白的飛鳥，向着什麼處所遠遠地……遠遠地飛！下面是花，草，上面是天……像在夢裏似的！』

……

瑪克希摩跋嘆氣。

『你這獃子！……菴院簡直不收留你…… 那里是要存下金錢，或者做粗重工作的。你是怎麼一個女工呵！』

老女人做了一個推開的手勢。

『算了，還說甚麼…… 跟華希理·斯台派諾微支去罷。至少你也可以做到你自己的主婦，而且你也許能夠幫助我…… 華希理・斯台派諾微支是人說，有七千上下放在銀行裏呢。」

「他怕人呢，瑪克希摩跋，」阿倫加喃喃的顫着說，彷彿是懇求饒恕一般，「粗魯，全像一個下等的粗人！」

「你得要一位文雅的紳士麽？紳士是不配我們的，阿倫加…… 他只要是好人，就謝上帝。」

「他全沒有看過書，瑪克希摩跋。我問他你可喜歡契訶夫（七）麽？他回答說：我們做事忙的，沒有工夫弄這玩意兒……」

阿倫加學出一種重濁的粗鹵的喉音。伊學了他便哭：伊的大的眼睛裏，充滿了大粒的澄明的眼淚，兩隻手也又顫抖起來了。

「怎麽呢，他說的有理呵！」瑪克希摩跋叱責的說：這可以看出，伊正在

註七 Anton Tshekhov (1860-1904)，俄國有名的短篇小說家。

努力，要忿怒起來了。『想一想罷！沒有看書！……誰用得着看書呢？他是經紀人，不是獸東西，像你似的！』

阿倫加止住啼哭，又復遠遠的靈感似的睜開了眼睛。

『唉，瑪克希摩跋，你沒有懂得呢，只是說。世界上唯一的好東西，便是書。契訶夫，譬如說罷！如果你讀了他，——無端的——人就要哭。有這樣的希奇……有這樣的！』

阿倫加將兩個手掌按在兩頰上，搖搖頭。

『唉，你跟着你的書去罷！』老女人惡狠狠的卻又是憐惜似的接下去說。『可以，這很好，只是不配我們的。你，——我的眼睛一天壞比一天了……昨天我收拾桌子，——打碎了一個杯子。一個月裏恐怕我就得進窮人院去……你現在又這樣，像我先前這麼縫，縫，只是縫——現在我和我的縫……而且我先前並不像你……你這里，你假如做出五個盧布來，從中只得到兩個，你還說「謝上帝！」身上沒有一塊破布，又還是……書！這何苦來呢？」

老婆子輕輕的溜到房裏來了。伊的小眼睛擔心的又新鮮的映着。

「瑪克希摩跋，這比死還壞哩……他是一個粗人，還要打我的！」阿倫加全然絕望的脫口說。

「哪，怎麼便是打呢！」老女人複述說，又現出先前一樣的失望的顏色來。

「什麼打，什麼就打了？」老婆子在門口喃喃的說：「你，阿爾迦·伊凡諾夫那，你即刻服從就是。」

「甚麼？」阿倫加吃驚說。

「你服從就是，我說……」老婆子仍然說道：「他打你一回，兩回，就停止了……他們都這樣。他們那里就只要服從。要是這樣，你只是靜靜的熬着……他也就不打了，不要緊的！」

阿倫加愕然的對伊只是看，彷彿從黑暗的廊下爬出一個可怕的怪物，現在正走近伊這里來。伊於是裹緊了衣裳，兩肩都靠着桌子。但那老婆子却已將伊忘記，轉向瑪克希摩跋去了。伊的小眼睛裏閃着狡獪的快意。

「我們的教員又被人撤了差使了！」

「什麼？」瑪克希摩跋叫喊說。「怎麼撤的？甚麼緣故？」

「因爲他對上司胡鬧了。官府罵了他，他便胡鬧起來。哪，就趕出他了。這纔嚇人哩，今天瑪利亞·彼得羅夫那 (Marja Petrovna) 這撒野呵！」老婆子用了迅速的低音報告說，幾乎每一句咽一口唾沫，又回頭看一回門口。

瑪克希摩跋無法可想的看伊。

「是的，他們還欠我三個月房租呢。伊自己約定今天，至少也付給一點……現在怎樣呢？」伊迷惑似的喃喃的說。

「現在是付不出了。怎能！現在是他們自己也都得餓肚皮了！」

『但他們怎麽想的！以爲我白給他們什麽？尋到了善女人哩！我連自己也沒有食吃……』

伊沈思一會，忽然急急轉身，走出房去了。阿倫加，是幾乎全不明白是甚麽事，吃驚的只將眼光跟着伊轉，老婆子惴惴的溜到廊下，就隱在帳幔後面，從那里又立刻響出急速的絮語來。

教員的房正寂靜。孩子們都擠在屋角裏，看不見也聽不出聲音。教員和他的妻並坐在窗下；在那異常明亮的地方，分明看見被毫無希望的憂愁所壓倒的兩個頭的影子。

『瑪利亞·彼得羅夫那！』伊按捺着，但又自負如一個大權在握的人一般，從門口叫喚進去。

教員和他的妻立刻擡起頭來。臉相不甚分明，但舉動是卑下而且屈抑。

『租錢，你約在今天的，我能取麽？』老女人還是按捺的說。

兩個黑影動彈了，沒有答。在他們上，橫亙了無話可說的人的訴苦與無助的神情。

「既這樣……」老女人用了極冷靜的聲音說。「那就照說定的辦，你們都准備罷。這房子我明天便出租。我這三個月損失了的那個，放在你們的良心上就是了。自己錯，我這白癡，我相信你。但是我沒有再來合伙的興致了。都聽你們的便！」

教員的妻沒有動，教員卻自己站起，慌忙走出廊下，他又幾於用了力也將瑪克希摩跋推到外邊。

「你看……我正要問問你呢……如果不可以，無論怎樣……我正在尋事做呢。我這里已經這邊那邊的有了各樣邀請了……那就……是的……」

他的眼光游移着；羸弱的紅暈在他蒼白的頰上現出斑點來。瑪克希摩跛嘆息，做一個拒絕的手勢．

「確的，眞的——約定的．」教員又趕緊重複說，他的臉只是發紅；他在空中揮着手．「總之，我尋．一時却不行，這你也明白．」

「我不能，先生，」瑪克希摩跛答說：伊略略退開，攤開了兩手．「如果只是我的事呢！但特伏耳涅克（八）要闖進門口來的．連我自己也得搬走……我只還靠着你哩．現在却這樣！」

「瑪克希摩跛！」教員回顧房門，慌忙喃喃的說：「只請你想一想罷！我們往那里去呢？你看，我失了位置了，那就……我本想要今天豫支的，因爲我早就拿到了我的薪水……孩子們要鞋，我的女人也要一點東西……你知道的，天氣這樣冷，伊又咳嗽……現在我連一個戈貝克（九）也沒有了．誰還許我們進門呢？ 隨便那里都要先付房租，你這里是早就認識我們的……瑪克希摩跛，你處在我的地位，瑪克希摩跛，體上帝的意思！」

「不。我不能……小衫比外衣更其近身……那就，隨你的便，但是……你實在使我難過，但是我也沒法辦……你有一個位置，你該用牙齒緊緊咬住的。你現在却這樣。是你自己錯。」

「對，自然……是我錯的。但是我固然錯了，孩子們却沒……」

「孩子是你的孩子。你正應該爲了孩子忍受些。」

「你看，瑪克希摩跋，這是……」

「我看什麼呢！」老女人用了出格的粗暴將他打斷。「你爲什麼要在我面前卑下。我辦不到這話你應該早在那地方說！」

「但是，瑪克希摩跋！」

忽而在漆黑的門口現出一個披着頭髮的瘦的女人模樣來。

註八　Dvornik，這類公役在俄國專處理人家的一切家事，也管守夜。

註九　Kopek，每一個約合中國錢十文。

「略沙，算了！」伊歇斯迭里的叫喊說。「這些人們那有一星的同情他們一總都得詛咒！他們不值你一個小手指，你却在他們面前卑下！」

「你爲甚咒罵呢？」瑪克希摩跋發怒說。「同情是我們許比你多……」

「你們有同情麽？唉唉，你們是野獸，不是人！有人失了脚，你就對他嘮叨……你先給他氣苦，就因爲後來要摔他到路上去！……他還要對伊分疏………」伊聲音裏帶着無窮的苦惱和激昂，叫喚說。「你們都從這里滾出去！」

「這所謂，你這「從這里」是怎麽講的？」瑪克希摩跋加強了伊的聲音。「我用不着走出我的家去……」

「你們出去！」那病人尖厲支離的叫喊，極悲慘模樣的伸出瘦腕來。「你要怎樣？是我們搬走罷？你放心，我們走……明早就走，但你先滾出去！」

「瑪申加，」教員悄悄的低聲說，「不要這樣呵！」

「出去，出去，你們這類被詛咒的東西……你們苦惱我到要死！」女人捏着頭髮，回進房裏面．

男人跟伊進去，人還聽得，當那病人用了放恣的滅裂的聲音儘說的時候，他還在絮絮的講些話；然而聽不分明．

瑪克希摩跋默默的立了片時，於是將手在空中一擺，自以為錯似的走了．

亞拉藉夫，正站在自己房門口的，叫伊．

「瑪克希摩跋，請你進來一會……」

老女人在臉上滿是無法可想的神氣，進到他這里．

「請你說，」亞拉藉夫躊躇說，露出猶疑的眼光，「這在你一定不能麼，略等幾時？……你自己目覩的，這人們到了什麼地位了……不是麼？」

「上帝在上，我不能……我因為小氣纔這樣做麼？特伏耳涅克給我自己也只是後日的日期！我不付，他就趕出我！……我是全靠着他們的．」

「但是或者？……」

「你眞覺得，我實在沒有同情麼？我老了，快要死了……不，舍爾該．伊凡諾微支，伊向我吵鬧的時候，眞有如用了尖刀剜我的心哩．但我怎麼辦呢？我等候了三個月，下了跪懇求特伏爾涅克……你想，這爲甚麼呢？就因爲我覺得可憐．如果人們大家沒有同情，窮人就會沒有路走……窮餓世界是全仗着同情過活的．但窮人也不能始終全用同情……人究竟應該給自己也留下一點同情來！……並非我沒有慈悲，是生活不知道慈悲！」

亞拉藉夫愕然的看着老女人，與伊相對，自己也覺得輕率渺小了．

「是的——總之，舍爾該．伊凡諾微支，一個窮鬼，像我們似的，同情可是很難，比起別人來……有錢人捨掉一個戈貝克——他因此給自己作一個娛樂；要是我給一個戈貝克呢，我就得從嘴裏省下一點口糧．因爲這口糧，你看，我就立刻會瞎，會再也看不見太陽……那時人們也不會對我有同情，我只倒斃在路上像一條老狗！……人還說什麼沒有慈悲！……人該曉得的！』

老女人嘆一口氣．

亞拉藉夫無力的垂下了長臂膊，站在伊的面前．

『你聽呵，瑪克希摩跋，』他終於游移的說，『倘使我付你一個月……那就怎樣呢？……』

『哦……這樣！我並非妖怪——眞的．——無論怎樣，我總對付過去……總有什麼法子辦……但他們是甚麼都沒有呢！』

『我辦來，瑪克希摩跋，』亞拉藉夫喃喃的說，遊移的注視着地面．

老女人研究似的看定他，但參不透他臉上的印象．

『你？你自己也沒有呵！』

『但我辦去……到一個好朋友這里去借去．今天給他們滿意罷，我就去跑一回，離這里並不遠……是的……你也給他們茶和燈火罷，他們那里是……這里是茶，糖，麪包，你拿我的去……我去跑一趟來。」

瑪克希靡跋默默的對他看，取了茶和糖，顫着花白的頭，出去了。

亞拉耤夫在房子中央遲疑的站了片時。他無意中覺到，自己有些拙笨了。但他也不再深究，只是簡單的盤算，什麽地方可以極速的弄出錢來。他趕忙的穿上外套，并且抓起帽子，便跑出了寓居；邁開他的長腿，每三級作爲一步的跨下去。

八

七點光景，小販商人到了。他使他的新橡皮鞋在廊下橐橐的響了許多功夫，盡心竭力的擦乾了他的紅臉，於是用了輕的瑟索的脚步跨進阿倫加的房裏來。

那邊是瑪克希摩跋巳經准備了撒摩跋爾。一張盤子上擱着燒酒和沙定魚。阿倫加靠桌子坐着，挺直的像一支草莖，大的悲痛的眼睛看着門口。

『阿倫加，你看怎樣的客人來訪我們了！』瑪克希摩跋發出不自然的感動的聲音說，是人們將此向孩子說的。小販非常小心的進來，彷彿他穿着很高的漆靴在冰上面走。

『好日子，』他說，並且向伊們伸出一隻長着極不靈活的指頭的又大又帶汗的手來。

沉默，不擡眼，阿倫加也向他伸過伊的細瘦蒼白的手指去；伊的低着的臉發熱了，伊的胸脯，那還是完全閨女樣的，苦悶的呼吸。

「這很好……你們談談罷，說些閒話，我看茶去……」瑪克希摩跋用了先前一樣的不自然的聲音說，便出去了。伊隨將房門緊緊的關上。伊站在廚下，沈思而且歎息。在伊乾枯的瞎臉上，現出先前一樣的陰鬱的近於迫脅的同情。

阿倫加靠桌子坐着；伊的手安在桌面上，姿勢的曲線又優美又鋒利，正如白石琢成一般。小販坐在伊對面，他將他巨大的麪袋似的身子成堆的裝在椅子上。嚮來他只在教堂裏見過阿倫加，或者伊到自己的店裏來，但也只是一瞬間的事。此刻他纔注意的尋根究底的對伊看，彷彿他要仔細估定一種貨色的價錢。阿倫加覺得他的視線在伊胸脯上，在伊的脚和臂膊上；伊的蒼白的臉，又爲了憂愁和羞恥熾熱起來了。

伊是纖長而且嬌嫩；這很難相信，伊的脆弱的身體可以侍奉那強烈的獸性的機能。小販的眼睛裏籠上了溷濁的潤澤，而且他忽然渾身漲大，似乎他更其大也更其胖了。

「你愛做些什麼事呢？」他用細聲問，費了力纔擠出肥胖的喉嚨來。「我沒有打攪麼，怎樣？」

「什麼？」阿倫加吃驚的反問，一面又暫時擡起了祈求的眼睛。

「看哪，……伊的確聾的！」小販想。「哪——這更好一個標緻的姑娘！」

他又對那身體，那柔輭的嬌嫩的一直到細瘦的兩腿。在薄衣裳底下看得分明的，又行了從新的檢查。

「我問：你愛用什麼散悶呢？」

「我？不用什麼……」阿倫加惶窘的對付，這時伊全身上都感得，伊被這無恥的細小的眼睛剝下衣服而且舐過了。

小販商人自足的微笑．

『什麼叫——不用什麼！標緻的姑娘兒所愛的是，散悶！這事我總不能相信，請你不要生氣，一個這樣出色的姑娘像你似的却整天的在作工上毀了眼睛．你的眼兒是全不是為此創造的！』

阿倫加又對他抬起伊大的明亮的眼睛來．伊忽然發生了天真的思想，以為他對伊懷着同情．伊又確信，他當眞是一個好的，正經的人了．

『我，你看……讀書……』伊怯怯的微笑．

『阿呀什麼，什麼是……書！……這樣，如果我們能夠和你再熟識一點，你就會允許我……譬如——上戲園！這該有趣得多了，比那蹲在書背後！』

阿倫加不知不覺的活潑起來了．在伊已經回到本來的蒼白色的臉上，漲起了一種新的微紅．

『啊不的，你怎能這麼說．有許多很好的書……那麼，譬如契訶夫……

我，如果我讀一點契訶夫，我常常哭……在他書裏是一切的人都這麼可憐，這麼值得同情……」

小販聽着，斜側了狹腦殼和渾眼睛的頭．他於是細細的想．

「似乎都眞是這樣不幸罷……」他用了甜膩的聲音說：「也有幸福的……固然，誰如果沒有食吃呢……但是如果一個人……就拿我說……」

他將椅子挨近了阿倫加，睃着伊的膝髁說了一大篇話．他的舉動也顯露起來了．但阿倫加又復天眞的做夢似的，溼了眼睛說：

「啊不的，人們是全都不幸……便是那些自以爲幸福的人，其實也是不幸．我想做看護婦去，爲的是幫助一切不幸的人……或者道姑……」

「哪，怎麼便是道姑！」小販用雙關的意思將伊打斷，這意思在他的頑鈍裏直是怖人．「難道世界上男人會太少麼！」

阿倫加看着他，沒有懂．在全生涯中，耳聾給伊擋住了這類的言辭，伊沒有懂得。伊的眼睛很平靜的看；那兩眼是完全的澄明。

「啊不的……你說什麼！」伊舒散着說「做道姑是很好的……我有一回去訪我的姑母，住了兩個禮拜，在伏羅納司（Voronesh）……在菴院裏。我的姑母是道姑……很老了……沈默了十四年了……一個得道的！……那地方眞好！教堂裏是這樣靜——靜呵，蠟燭點着……人唱的這樣美……你不懂也不知道，是在地上呢還到了天國了。或者你在牆壁前面走。菴院是造在山上的，下面是河，後面是田野。人望去很遠——很遠！草地上鬧着鵝兒，燕子是這樣的轉着叫。我在那里是春天，菴院裏滿開着蘋果花呢……時常有這麼好，連呼吸也平靜下去了。時常，我彷彿是，我從山上離開了，鳥似的飛去——遠遠的——遠遠的！」

阿倫加的聲音因爲感動有些發抖；靜的眼淚，含在大的明亮的眼中，嘴脣也顫動。伊像是一個白衣的道姑。

小販聽着，他嘴脣微微拖下，肥而且紅的頸子上的頭又復公牛似的側向一邊了。

『哼，』他說：『這是，何消說得，理想……實地生活却是……漂亮的姑娘便是沒有菴堂也能尋到伊的快活！』

他嘻嘻的笑又向着阿倫加挑逗的弄眼。伊沒有覺得，只是直視着蒼空，彷彿伊眞看見廣遠的田野和蔚藍的天，闊大的河流和白的菴壁。

瑪克希摩跋端了撒摩跋爾進來了。小販呢，完全酥化了而且出汗，宛然是搽了油。

『我愛這個，如果姑娘們有着好看的身段，你一般的，阿爾迦·伊凡諾夫那……女人怎麼有一個完：彷彿是，一切你都可以用指頭捏住，還有下邊呢，你恕我放肆，是這麼圓……』

末後的話在他是突然脫口的，他本來要說些別的話，因此紅漲了臉，呼

吸也頓挫了。他又不知不覺的伸出手來，但看見瑪克希摩跋走進，便又縮了回去。於是他作態的揩那額上的油汗

他和瑪克希摩跋喝燒酒，吃沙定魚幷且說俏皮話，說那所有閨女們都夢想着菴院的事。

『但是伊結了婚，那男人纔老了或者不中用了，伊便替他，如此說，就掘墳。』

『自然！』老女人不自然的奉承的回答『在你呢，華希理．斯台派諾微支，人却不能這麼說呵……你還能使每人都流汗呢。』

小販大笑起來，此後便用了顯明的穢褻的眼光對着阿倫加看。

『對了！這我能，用不着誇口承認的！我的老婆是不用抱怨的。我的先妻，許多回還發惱！你這公牛，你這不會飽足的你，伊常常說！』

他還只是笑而且牢牢的瞟着阿倫加。

在他的覷線底下，那姑娘的蒼白的臉只是低下而又低下而這畜生的滿足的得勝的笑則是怕人

當小販走出，以及有些興會的瑪克希摩跋送他出去的時候，阿俞加忽然嗚咽起來了。伊哭的很長久。伊的金髮的頭放在膝上，伊的軟的肩膀發了抖，垂下的鬈髮像絨毳一般動搖。到處還都是沙定魚，溼皮膚和汗的氣味。空氣是沈墊墊的，這女子的模樣愈顯得非常之幺小與脆弱了。

九

亞拉藉夫回家來了。當阿倫加進到他房裏的時候，他正坐在桌旁寫。全房都散滿了淡巴菰的烟。

伊怯怯的一無聲息的進來，同平常一樣。同平常一樣，輕輕的一拉亞拉藉夫的大的柔和的手，也就坐在桌旁，伊的臉落在暗中，只有一雙蒼白的手被燈火分明的照着。

「這個，你做什麼來呢，阿爾迦·伊凡諾夫那？」亞拉藉夫在眼光和聲音裏都帶了謹慎的友情說。

阿倫加沈默着。

「你讀了我的書沒有呢？」亞拉藉夫又問。「中你的意麼？」

「是的。」這句話毫不響亮的出了阿倫加的口脣，於是又沈默，伊的兩手無力的安在膝上．

『哪，這好哩！』亞拉藉夫說．『我這里又替你辦好了出色的東西了．那人物正像你，又可愛又文靜，進了菴，全像你企慕着的．』

阿倫加兩肩一聳，似乎伊受了寒．

『我不到菴裏去了，』伊纔能聽取的說；伊的嘴唇很顫動，連亞拉藉夫也警覺了．

『哪，謝上帝，』亞拉藉夫詼諧的說而且看定這姑娘的臉．『這又為甚麼呢？』

阿倫加看着地面：『我要嫁了……』伊幾乎不能聽到的回答．

『嫁？意外的事！——誰呢？』亞拉藉夫大聲的反問．他臉上顯出痙攣來．

『華希理·斯台派諾微支……那在我們房子裏開店的……』

『這人？』亞拉藉夫更其詫異的問；同情和遠願的惱相都露在臉上了．

但他又立刻回復過來，竭力的懇切的說：

「哪，什麼——這也好的……願你幸福……」

阿倫加沈默着。伊微微的動着指頭，只向地上看。伊沈思着些事，亞拉藉夫却悲痛的看伊，而且在思想中，架起那動物一樣的小販來，對比這柔弱的優美的女性。一個壓迫的感覺——同情，違意，嫉妬——再不能離開他的靈魂了。

阿倫加無意識的動彈了。伊顯然要說什麼，然而沒有竟說．伊的嘴唇發了抖，伊的胸口非常費力的呼吸，死人似的青白色一刻一刻的加到伊的俯着的臉上來了。一種異樣的激昂襲着了亞拉藉夫。他覺得有一個一刹那將要到來，這刹那，在他自己還沒有分明，已將他的靈魂因爲恐怖與喜歡與傲岸而搖動了。

「你要說什麼呢？」他用了顫抖的聲音問。

阿倫加沈默着，然而很不安，似乎想要突往什麼地方，却又不敢往那里去。一瞬間伊抬起頭來，亞拉藉夫正遇到伊的大的，有所質問的祈求的眼光。他們眼對眼的看了一分時；在那姑娘的眼中橫着顯明的恐怖。

但亞拉藉夫尋不出一句言詞，沒有主張，自己也懷疑而且畏懼。

阿倫加的嘴唇抖得更甚了。在伊的苦痛中伊想要扭捻伊纖柔的兩手，然而沒有做，只是忽然的立了起來。

『那里去呢？你坐着罷！』亞拉藉夫蒼皇的說，但也不由的站起了。

阿倫加對他站着，仍然還沒有話；單是垂着的兩手的十指，微微的纔能覺察的抖着罷了。

『你坐下……』亞拉藉夫重複說，他一面又覺得他沒有適當的話，終於惶惑起來。

『不……我要去了……』

『再見……』

亞拉藉夫無法的攤開手.

『你今天多少古怪呵!』他激動的說.

阿倫加還等候.伊略略動彈.有一個可怖的戰鬪,震撼拘攣了伊的極弱的全身.伊再擡起非常之大的凝視的眼一看亞拉藉夫,便突然回轉身,向門口走去.

『你不帶這書去麼?』亞拉藉夫機械的問.

阿倫加站住.『不用了——從此.』伊從嘴唇間洩露出來,很強勉的說,也便開了門.

但在門口伊又站住一回,許多時只是想,低了頭.伊多半是哭了.至少也已經亞拉藉夫看見,伊的肩膀抖着了.但他的頭空虛了,他並沒有說話.

阿倫加出去了.

亞拉藉夫已經明白，這是永久的去，伊本也能永久的停留的。他在驚懼的激昂裏又感了難以名狀的心的迫壓，直立在房子的中央。他看出，這女兒是抱了垂死的悲痛，所以來求救於他而且也有些明白了，伊從他等候着怎樣的言語。

門上起了短短的敲聲。

『進來！』亞拉藉夫歡喜的大聲說，他相信，阿倫加又來了。

房門一開，走進了綏惠略夫。

亞拉藉夫沒有就知道却是他。

『我可以和你說話麼？』綏惠略夫冷冷的問，幾乎是官樣。

『啊，是你！……請請！……』亞拉藉夫殷勤的回答。——『你請坐！』

『我這來只是一分時。幾句話……』綏惠略夫說，他便到桌邊，在阿倫加先前坐過的位置上，就了坐。

『你要紙烟麼？』

『我不吸。請你說，你替教員將錢付給瑪克希摩跋了麼？』綏惠略夫急速的問，似乎這問題算是一件重大的事情。

亞拉藉夫惶惑起來，紅了臉。

『確的……就只是暫時的……待到他們怎樣好一點了爲止……』

綏惠略夫用了檢查的眼光看定亞拉藉夫。

『你想救一切的苦人和餓人麼——一切的？』他問。

『不的，』亞拉藉夫錯愕的答，『我沒有想到這事……我單是給，因爲這機遇……』

『是，對的……但有誰將什麼給那些人們呢，那近旁並沒有人，像你一流的。這樣的很多哩！』綏惠略夫泷痛的說。

『這個，這事是用不着思索的，』亞拉藉夫聳一聳肩：『人應該救助，倘使能夠，這就夠了……也就謝上帝了！」

「好。你可知道，爲甚麼那姑娘到你這里來的？」綏惠略夫鋒利的說去，彷彿他要取得口供，却並不聽什麼答話。他正對面的釘住了亞拉藉夫的臉，用了洞察的明亮的眼睛。

亞拉藉夫又紅了臉。他漸漸氣忿起來了。奇特的聲調與奇特的質問呵！

「我不知道，」他游移的說。

「伊來到你這里，因爲伊愛你……因爲伊有着純潔的澄澈的靈魂，這就是你將伊喚醒轉來的……現在，伊要墮落了，伊到你這里，爲的是要尋求正當的東西，就是你教給伊愛的。你能夠說給伊什麼呢？……沒有……你，這夢想家，理想家，你要明白，你將怎樣的非人間的苦惱種在伊這里了。你竟不怕，伊在婚姻的喜悅的牀上，在這凶暴淫縱的肉塊下面，會當詛咒那向伊絮說些幸福生活的黃金似的好夢的你們哪。你看——這是可怕的！」

綏惠略夫最後的話，是用了非常異樣的淒厲的神情大聲說，用了這樣不可解的力量，至於亞拉藉夫覺得脊梁上起了寒慄了。

「可怕的是，使死骸站立起來，給他能看見自己的腐爛……可怕的是，在人的靈魂中造出些純潔的寶貴的東西，却只用了這個來細膩他的苦惱，銳敏他的憂愁……」綏惠略夫接續說。看去似乎是涼血的，但還帶着無窮的苦痛的踪跡。

「你誤會了……」亞拉藉夫錯亂的，還只對於「因爲伊愛你」這一句話，喃喃的答。

「不的，我知道……我整天在我的暗屋子裏坐……人在那里一切都聽到……是這樣的。」

亞拉藉夫默然，下頦壓着胸口。

綏惠略夫站起身來。

「你們無休無息的夢想着人類將來的幸福……你們可曾知道，你們可曾當眞明白，你們走到這將來，是應該經過多少鮮血的洪流呢……你們誆騙那些人們……你們教他們夢想些什麽，是他們永永不會身歷的東西……只使他們活着，給猪子做了食料……這猪，是在這里得意到呻吟而且喉嚨，就因爲他的犧牲有這樣嫩，這樣美，感了這樣難堪的苦惱！……你們可曾知道，多少不幸的人們，就是你們所誆騙的，沒有死也沒有殺人，却只向着上帝哀啼，等候些什麽，因爲在他們再沒有別的審判者，也沒有正理了……」

綏惠略夫的聲音只增出難當的力量來。亞拉藉夫直跳起來了，自己並沒有覺得。長着冷峭眼睛的古怪的淡黃色的臉相，彷彿一座大山似的壓住了他。

「你們還不明白麽，即使你們所有將來的夢，一切都自當眞出現了，但與所有這些優美的姑娘們，以及受餓的「被侮辱的和被損害的」人們的淚海稱量起來還是不能平衡的……對於在刺刀以及你們的高超的人道說教的保護之下，凡在地上的曾是善，正是善，會是善的，全都打倒的事，他們那氣厥的憎惡的記憶還是消不去的！……你們這里，他們尋不出審判者和復讐的人！」

「你說的是什麼意思呢，」亞拉藉夫吃吃的說。

綏惠略夫沒有便答。

「你來，」他說，並且走出房去。

亞拉藉夫受了催眠術似的跟着他。

全家都睡覺了。廊下是昏暗而且寂靜，在渾濁的病的空氣裏，呼吸也覺得艱難。綏惠略夫開了自己的房門，招呼亞拉藉夫，進到裏面。

「你聽！」綏惠略夫輕輕的，却非常強迫的說。

亞拉藉夫側着耳朵聽，最初是除了他自己的心臟的鼓動以外，一無所聞．在昏暗中辨不出事物．只有模胡的綏惠略夫這兩眼在暗地裏閃閃的生光．

但亞拉藉夫忽然聽出一種異樣的微細的聲音了。有誰哭着．一種幽靜的，捺住的，絕望的悲啼，利刃一般的貫通了寂靜．這中間含着許多難堪的痛苦．是說不出的苦惱，無希望的企念，氣厥的投地的哀鳴．

『阿倫加在這里哭！』亞拉藉夫明白了，但現在他又分辨得，並非一個聲音了，却是兩個，那在這里哭着的……黑暗覆壓着，在他耳朵裏響的好像是沈痛的鐘聲，而且彷彿不止兩個了，却是三個……十二個，一千個聲音，周圍的全黑暗似乎一同啼哭起來了．他錯愕的問道：

『這是什麼？』

然而綏惠略夫沒有答，他突然粗莽的抓住了亞拉藉夫的手．

『你出來……』他急速的說，向過道走去．

在黑暗和不可捉摸的哭聲之後，進到點燈的屋子裏，覺得很是明亮簡潔了，綏惠略夫纔放下亞拉藉夫的手來，鋒利的看定他眼睛，問說：

「你聽到了麼？……我是不能聽了！你們將那黃金時代，豫約給他們的後人，但你們却別有什麼給這些人們呢？……你們……將來的人間界的豫言者；……當得詛咒哩！」

「你容我說……你呢？你又給什麼呢，這樣問人的你？」亞拉藉夫憤憤的揑了碩大的農夫手，叫喊說．

「我？」綏惠略夫的聲音裏大半帶着揶揄了．

「正是，你……給我這問題的你——這古怪的……你有怎樣的權利，用這樣聲調說話呢？」

「我——不給．我大概只是教他們將忘却的事，記憶起來……是的，而且這————還不夠哩！」

『這是什麽事！你說甚麽？』亞拉藉夫帶着突發的不安，追問說。

綏惠略夫注視着亞拉藉夫。他就不意的微笑起來，似乎他對於這追問的穉氣覺得驚奇，於是慢慢的走向門口。

『那里去？你停一會！』亞拉藉夫叫喊說。

綏惠略夫回過臉來，和氣的點一點頭，便出去了。

『但是……你……你簡直是發狂了！』亞拉藉夫在迷惘的憤懣中，大聲說。

他相信聽到，綏惠略夫失了笑。然而房門合上鍵了。

暫時之間，亞拉藉夫惘惘的立在自己的屋子裏。他頭痛了，顳顬跳動起來，心臟亂擣得像一個病人，不整而且頻數。他機械的放開眼光去，徧看他房中，他的堆滿了書籍和紙張的桌子，掛在壁上的畫圖，突然間一種病的說不出的嫌惡的發作，從他頭頂上一直震盪到脚跟來。各思想，各工作，便是將來的日子，他也絕頂的憎厭了。一個願望捉住了他，願有一雙巨掌抓住這全世界，高高的一搖蕩，一切屋，人，思想，事業，都塵埃似的散在空中。

『大約這眞算最好哩！』

他走到臥牀，將臉靠在枕上，毫不動彈的躺着。

在黑暗中，他的合着的眼的周圍，現出一個分明的臉，長着一雙大的，有所尋問，又有所哭泣的眼睛，漂過他面前了。於是又有誰來到近旁，漆黑的，怪異的，發着動物的笑聲，而且消去了光明喜悅的人生的夢想。

十

這是夜間了，全家都睡着。沒有聲響從外面進來，一切都是死一般靜而且凝成黯淡的靖定。只有無形的黑暗默默的遍歷各房，視察睡人的臉。綏惠略夫的房裏，那開着的窗戶在蒙朧青色中，微微發亮。

綏惠略夫忽而寒噤起來，睜開眼。

有人傍他站着。他抬起頭來。

就當他前面，在牀的後頭，站着，兩隻手掩了臉，一個女性的形像。有些非常的祕密橫在伊優美的隱約的輪廓裏。還在從這半已遺忘的形狀叫回記憶之前，綏惠略夫已經認識了伊，由一種奇異的內部的感觸，這感觸便貫透他的腦髓而且抽縮了他的心臟：這是那女人，是他曾經愛過而已經去了的，去的地方，如他所想，又是再不歸來的所在了。

『理莎（Lisa）』綏惠略夫卽刻叫喚說，極驚奇又極恐怖，這時他彷彿覺得，心要拉到胸膛之外去了。

這形像先前一般站着，用手掩了臉；伊只是隱約的在煙霧裏，那煙霧是在他眼前的波浪裏浮沈。

『理莎！你那里來的？……你怎麼了？……』綏惠略夫還是絕望的叫。

他覺得他的叫喚響徹了全家。但綏惠畧夫忽而悟出了這事伊來，是因爲伊預知了一切，而且用了超人間的愛——比死更強的愛——要在他一生中的這末一夜，爲他哭泣的。

『理莎，不要哭！』綏惠略夫央求說，他雖然也感得，這言語並無功效，伊不答話也不能答話，因爲伊在實際並不生存：『看哪，我願意這樣了，這是我一生的夢想，從你死了的這一日以來的……爲這壓住我的憎惡，那是唯一的出路啊！……這不是計算，也不是理論，這是我自己……你知道罷！』

他向伊痙攣的伸出手去，只是抓着空中．伊往後退，兩手沒有離開伊悲涼的垂着的臉來．而且在不意中，伊向一旁溜去了，伊絕無聲息像一個陰影似的移過他頭的前邊，消失在由他看去正是黑僭的屋角裏．然而他還有少許時光，可以辨認那深黑的粗衣，這衣，便是他末次見伊的時候穿着的，纖細的手指和頭髮，也還是先前一樣的可愛的鬟式．

綏惠略夫赤着脚，慌忙跳到冰冷的地上．

沒有人，也不會有人．窗間的青色微微發亮，在那蛛網一般顫動的微光中，屋子的冷壁冷冷的看着．他走近窗去．他的對面立着又高又廣的牆垣．這上面是蒼白色的夜的天空．像烏黑的有力的臂膊似的，向他伸着幾支鐵的烟突．

——『一個幻覺！』綏惠略夫想；他又覺得，他的心跳得怎樣的沈重；有很大的一團塞上喉嚨來.

他走向房門,去摸,似乎他對於他的悟性,都不相信了.

——「我病了……我也許還要發狂……人對這應該奮鬪.我要發狂了!我的全部思想豈只是有病的腦的產物麼!」

忽然之間,冷冷的不出聲的笑着,他用了穩實的脚步走到牀邊,并且躺下.在他自己,彷彿是全沒有合上眼睛,仍如先前一般,看着微微透亮的窗戶,冷的白牆壁和黑暗的房門.但其時有誰用了沒有響的單調的聲音對他說:「你的憎惡,你的狂亂的計畫,也仍不外乎你所罵詈的這廣大的,犧牲一切的愛……」

「這並不是眞的!」綏惠略夫用了非常的努力反對轉去,像有一個過度的重負壓在胸上似的.「這不是愛……我不要愛!……」

那誰却只是固執的單調的接續說,用了彷彿從綏惠略夫頭盖裏發出的聲音．

『是的，這是眞的……你是盡了你天職的全力愛着人類，你不能忍受那惡不正，苦痛的大衆，於是你的明亮的感情，對於最後的勝利，對於你所供獻的各個可怕的犧牲的眞理，都有確信的感情，昏瞶而且生病了……你憎，就因爲你心裏有太多的愛！而且你的憎惡，便只是你的最高的犧牲！……因爲再沒有更高的愛，可以比得有一個人將他自己的靈魂……並非生命，却將靈魂給他的切近的人了！……你記得這個麼？你記得麼？』

這聲音活潑起來了，但已經不像最初從他頭蓋裏面發出，却在近旁什麼地方了。又生疏又活潑。而且眞有誰和他說。綏惠略夫驟然辨認出來，在他臥榻的後頭，昏瞶中間僅能識別的，坐着一個人。隱約的顯得一個瘦削的側臉，彎曲的背，又長又細的頸子。

綏惠略夫睜大了眼睛，一躬身起來坐着．

「誰在這里？」

那模胡的形像沒有動……在一瞬間，綏惠略夫覺得——這使他異常的高興的輕鬆——他只是瞥見了一個偶然的陰影，並不在牀沿上，卻分明更遠，緊靠在門旁罷了。黑暗迷人；近的顯得遠而遠的卻近。便是房子也放大了又復縮小，幷且用他的冰冷的窗戶迫壓他，彷彿一座高山。黑暗也默默的，似乎爲要側耳來聽，彎了腰盤據着。

綏惠略夫想要起來點燈，但在他動作之前，他先覺得被一個沈重的身軀壓住了他的蓋被，而且實在有誰坐在他臥榻的後頭。怕要發狂這一個細緻的，閃過的思想，穿透了他的腦裏了。

「但誰在這里；……甚麼事；」他費力的說。

那人默着。

「誰放你進來的？」他又輕輕的叫喚。

那人緩緩回過頭來，在微弱的昏黃中，綏惠略夫看見黑瘦的臉，帶着兩個黑窟窿，在那在黑暗裏辨不分明的眼睛的地方．

『誰麼？』應出一個詫異而近於嘲笑的聲音．『你自己！』

『你怎麼說謊！』綏惠略夫叫喊說，其時他覺得發狂的恐怖只是從下方涌上頭來．『我不准人進來！』

『可是你自己……』夜的來客回答說．

綏惠略夫沈默着，用了他閃閃的眼光迷惘的注在這奇怪的影子上．

『你究竟爲甚麼這樣詫異呢？』來客加添說，現在是用了顯然的嘲笑了．

『啊……這又只是一個幻覺……我眞應該振刷纔是！』綏惠略夫忽然想到，微笑起來．

但是這恐怖忽而被那憤激，幾乎是憎，惡所驅逐了．這形像，對他冷靜的坐着的，似乎在實際上，並非專出於他生病的腦，他不快到了絕端。綏惠略夫在天然的反感的坌湧中，咬住了牙關，並且說。

『好，隨便罷。根本只是——獃氣！你要怎樣？』

他相信，幽靈不來答應了；他便快意的等着，然而幽靈却用了全無音響的，但又非常清楚的語調說出話來：

『沒有別的。我們只將會話再講下去……你應該將你的思想說個分明。』

『你停止罷。我沒有什麼應該，而且什麼時候都可以去掉你，』綏惠略夫傲岸的說，其時他又萬分驚慌，覺到他正與幽靈周旋，彷彿他對於幽魂的存在要相信了。不知什麼的一種權力支使着他，使他反背了他的意志做出言語。

『你究竟是誰？』綏惠畧夫侮慢的問，他覺得，他的揶揄反中了他自己了.

『你當眞不認識我麼?』

『哦是了!』綏惠略夫突然記憶上來,這細頸子和黑臉是屬於誰的了

『你就是鐵匠,我在茶店裏和他說話的……』

『你停止,在夢裏還裝假罷,』客人懊惱的說,『我並非鐵匠,正如你並非綏惠略夫,你吩咐我通名麼,我的大學生多凱略夫 (Tokarjov) 先生?……

『不必……已經知道……我記得了……』綏惠略夫勉力的答.

他並沒有識得名姓和形容,但當他忽然知道那在黑暗中到他這里來的,並不是一個人,簡直是一面鏡子和自己的形像在裏面,他便安靜起來了.

這時恐怖完全消滅了,他只覺得異常的疲勞,以及想要擺脫那重負的一個制不住的願望.

『我要和你說一回最後的話……大概總也是全然無用的……你想

罷！……你要知道你的策畧的可怕……你是回到非常的錯誤上去了，憎惡却是引導『愛』的事實的呵……你，多凱略夫！』

綏惠略夫兜上了嘴唇微微的笑。

『你還只是說這事！我不想到愛，……我不要聽這個……我只有憎！爲什麼，我應該愛你們人類呢？因爲他們猪一般的互相吞噬，或者因爲他們有這樣不幸，怯弱，昏迷，自己千千萬萬的聽人趕到桌子底下去，給那凶殘的棍徒們來嚼喫他們的肉麼？我不願意愛他們，我憎惡他們，他們壓制我一生之久，凡是我所愛，凡是我所信的，都奪了我的去了……我報讎……你都明白了罷！……我對於你們不幸者，倘他們還沒有非常慘苦或者還沒有自己隕滅的時候，在別一方面也正如幸福者一般的糟蹋生活的，一樣的報讎……我不能活下去，但我死也記憶着，他們入了迷，只要對於解放那先入之見很有膽略和理解的，他們便奉作第一等的權威……我要指示你們，有一種權力，比愛更要強——就是拚命的，不解的，究竟的憎……已經夠了……』

『但是你想要——一個人做甚麼呢？』客人駁詰的問。

綏惠略夫奇怪的短的一笑。

『第一，凡是我一個人所不能做的我便簡直不做。還有第二，你相信，將來就只是我一個麼？……我們便等候……等候！』

綏惠略夫用了確信的堅定的聲調，將這末後的話連說。幾回他的眼睛非常專注的鋒利的在黑暗裏看，似乎他看見正如他一般的人們的一列，已經決絕了人間，在他的足跡上不屈不撓的前進。

『上帝呵！在這五年中你的思想走了怎樣的彎曲呵，自從你還是青年充滿着勇氣和確信，進到工廠以來，那時是對於最後的勝利滿抱着熱烈的自信的……你失了這勇氣了，乏力了！』

『我們不說這些罷，』綏惠略夫不高興的說。『你還不如告訴我……

我那時並不是一個人——我們是許多人……他們都那里去了？』

『他們都爲了共同事業跑到死裏去了！』客人肅然的回答說。

『連理莎？』綏惠略夫緩聲的問。

『是的……連伊。』

『但你知道——我剛纔正見到伊了……伊哭……然而這只是一個狂亂的幻覺，沒有關係的。你可知道，將一生中最寶貴的去做犧牲，是甚麼意義呢……一個天工，這樣的嬌嫩和脆弱，使我常常擔心，怕看見伊受着一點極小的粗暴的——却委棄在死裏，汚穢的絞索裏，絞架裏，絞刑吏的嘲弄裏……你知道這意義麼？……不知道！那我……我知道了！』

綏惠略夫聲音裏帶着嗚咽，說出這話來。

『你不要這樣憤激，愛的，』客人很關心的說，『這委實可怕啊……但怎麼辦呢！……沒有犧牲做不成事……而且犧牲愈大，那意義也便愈純潔愈神聖了……』

『哦？』綏惠略夫異樣的問．

『你相信罷！……犧牲，犧牲！……將『百牛』（十）獻給人類，而且我們的全歷史也只是不斷的屠戮罷了……但進步是不虛的．從那邊，從光明的將來裏，已經向我們伸出感謝和祝福的手來，這手便是幸福的和自由的人間界的，是我們的孩子我們的事業的！我的上帝呵！我們這短促可憐的生涯，對於建築在我們死骸上的這偉大的將來，能算什麼呢……』

『呸，多少討厭！你豈不怕，你的莊嚴的將來太有屍氣麼？』綏惠略夫問，又銜出短短的笑來．

——我和自己爭！壞夠了！他想．

『你豈不知道，』客人往下說，彷彿他沒有聽到抗議似的．『我們為要

註十　Hekatombe，古希臘祭神所用的大犧牲．

突進向前，怎樣的在一步一步的挖通那「惡」的多年的大勢呢……而你眞還能疑惑這眞理的凱旋麼？你記起來了罷，對於惡的戰鬭是不能用惡的……』

綏惠略夫沈默而且聽着他，彷彿覺得，正在一所大敎堂中，站在許多羣衆的最後排列裏，遠遠地聽到一個說敎的依穌𢎞敎徒的嚴肅甘美的聲音。

『是了，還有我們自己呢？……我們，將凡是我們所有的最寶貴的東西——生命和幸福——全都捨了的；我們又怎樣呢？』他低聲的問。

『我們就當作肥料，肥沃那地土的……這地土，從這里便迸出新生活的萌芽來！』

『然而又有誰來，將這些喝我們的血，樂我們的痛苦，樂着在我們……照你說，便是在肥料上，跳舞的這些，加以報復呢？……』綏惠略夫尤其低聲的問，用了非常異樣的聲調。

『這和我們什麼相干呢……歷史，或者如果你願意，便是上帝會來處治他們的！』

綏惠略夫大怒着揑住他的喉頭，

『哈，這就完了麼？……這就完了麼？……』

於是他忽而銳利的猸野的叫喊起來：

『你誑！你是教士……黑教士……依穌ㄊ教士！你來，就爲要欺騙我！我扼死你！』

他叫喊，他自己的身體因爲憤怒和嫌惡發着抖，搖動那人的喉嚨．他將客人向牆壁只一推，至於那頭在壁灰上撞出一種鈍聲，而且擠緊了又長又細的頸子．於是他覺得，似乎亮起一道光，似乎有誰刺了他的心，他便醒了．

他的心在胸膛裏撞擊，彷彿要跳裂了．眼前旋轉着紅的和金色的圈，他全身都流滿了熱的粘汗．他仰面躺着，蓋被一直裹到頸邊，幷且看着他空屋裏蒼白色的晨光，載着暗黑的一堆衣服的椅子和現在已經向明的窗門．但不如意的固執的重擔這一種感覺還只是留在他腳上．

綏惠略夫努了力，坐起身．

在他脚上放着他的外套，是從牀欄上滑下來的．

『沒有別的！』他冷冷的微笑，又想躺下了，但突然停住而且直坐起來．

十一

在下面的什麼地方，住宅裏面，他聽得小心的步聲。他高仰了頭，輕輕的迅速的坐起。有誰走上樓梯來，愈來愈近了，用那沈重的靴子極謹愼的踏着石級。

綏惠略夫坐在牀上屏息的聽。

有誰站在大門外邊，似乎也正在屏息的聽。靜了許多時；綏惠路夫終於相信，以爲只是他顳顬部的血脈的跳動了。一切都平靜，但有黑暗在他眼前輕輕地彷徨。

『只是自己疑心罷了，』綏惠略夫放了心將頭靠在枕上的時候，他想。

然而這一刹那間他睜大了眼睛，彷彿被誰摔出了臥榻似的，忽而赤着脚站在冰冷的地面上，在房子的中央。從鈍滯的寂靜裏，透出一個小心的，僅能聽到的聲音是鐵的發響，便又沈默了。有人極謹慎的想弄開住宅的門。綏惠略夫像影子一般動作，整理起東西來。他恰在穿靴的時候，他又聽到一種新的響聲。他凝了神，幾件衣服提在手裏，更加屏息的聽去；於是他便更加迅速的穿了衣裳。此刻又添上幾個人，用心的蹭着，走上樓梯來了。

『這是他們！』

綏惠略夫游移的立了片時，便急速的穿起外套，戴上帽子，開了房門向廊下望去。

一個閃電似的想像通過他腦裏了；他記得，他昨日走到廚房裏喝水的時候，曾在窗間很近的看見鄰家的火牆；那窗門也沒有兩層的格子。用了迅捷的舉動，闃靜的像一匹貓，遶過了行李和帳幔，他向着廊下，在重濁的空氣裏直溜過去。到轉角處，那兩個老人睡着的所在，他又站住了一瞬時。帳後的低微的鼾聲忽然停止了。綏惠略夫挺然的立着，而且屏息的聽；於是又輕輕走去，開了廚房的門立定了。廚房裏已經很明。有些不分明的什麽器具在竈上發光，一個冷定了的撒摩跋爾立在桌子上像是瞌睡。一匹貓從竈面跳到地上，豎起尾巴，向綏惠略夫唸着呼盧，跑走了。滿是冷熄了的煤煙和酸菜湯氣息。綏惠略夫走近窗前，向外面凝神的看出去。

從昏濁的塵封的玻璃裏，僅能看見一點東西；只有一道雲閃的通明以及一座挺直的灰色的牆垣一直通到深處。

他周圍一看，便輕輕的想要除下窗上的橫門來。窗門微微作響，開開了，一道寒冷新鮮的空氣注在他的臉上。他探出身去向底下看。

一直下面，雪白的閃着石路；這顯出這印象，似乎在地面有一個險惡的深淵。冷與死的噓息，從那里直沖到他這里來。在火牆的灰色線的上邊，展開着單調的早晨的天空；他的無限的空虛，吐納着自由與寒冷。

綏惠略夫回頭向着家中留神的聽。

這瞬間驟然的響出鈴聲來，彷彿活的一般而且促着警醒，於是全世界的寂靜和睡眠似乎都因此動搖了。

綏惠略夫小心的敏捷的攀上了窗門的鐵葉，向下邊閃閃的石路這可怕的深淵裏只一瞥，便直跳下去——這一刹時他覺着一種感覺，是自己的身體在空氣裏，在深淵上的可怕的落下，懸空，脆弱，沉重……於是那冷的石造的火牆便很重的撞着了他的胸脯。

在非常的緊張裏，痙攣彎曲了的手指緊緊的抓住了弓形的鐵葉，那鐵是蓋在牆上的，因為重量，便戛戛的響而且彎折下來了。兩脚痙攣的滑在牆上，膝蓋支拄着，仍然止不住的向下劃。綏惠略夫覺得他的身體意外的沈重了。他蟠屈起來，像一匹墜下的貓，當他使出最後的死力，兩隻手緊揑住彎折的邊緣，鬆了，便又緊緊揑住，將一隻肘膊支在鐵葉上面的時候，他已經閉了眼睛。他於是又抽搐的蟠屈着，兩脚抓着牆壁，將那肘膊支起自己來，便又用另一隻手扳到那邊，用前胸移上了屋頂．

不少時光，他一半失神的躺在又冷又溼的鐵葉上，只在他跳躍的心頭覺得劇痛；一個可怕的落下的感覺，也仍然留在他肢節的中間．

從院子裏起上一種喧譁來；這便催起了他．有誰說話，在什麼地方遠遠的，在那深處．

綏惠略夫匍匐着，在斜面上緩緩的滑到屋頂窗的左近．

那地方，是斜面屋頂的那一面，他從這上頭看見一所陌生的巨宅，關閉的窗戶的排列，枯樹的頂，以及平坦的綠的草場．一個黑的小人兒，看去好似一個滑稽的扁平的小蟲，從頭部已經生出脚來的一般，在這家裏的白的石路上走．他的一疊連的脚步，響得可笑的分明．

綏惠略夫溜過了屋脊，再向周圍一看，便消失在闊大的塵封的屋頂門的黑暗裏了．

天空冷冷的向下看．屋頂和煙突的大海遠展開去，在這後面，地平線的極邊，遠海顯出青藍，當早晨的陽光中，已經徐徐的轉成青白了．

十二

亞拉藉夫被尖利的鈴聲，那宛然就在他房裏發響的似的驚覺了。他照例的先取紙烟，但這瞬間又有什麼壓住了他的心，他去摸火柴的時候，便仰着頭屏息的聽。瑪克希摩跋在伊房裏動彈了。人聽得，伊怎樣呵欠，裙子的響聲，又撞在什麼東西上，於是赤着脚，沿着廊蹭去了。

『誰在那里呢？』亞拉藉夫聽到伊的渴睡的不高興的聲音。

『電報麽？（十一）給誰的電報；』瑪克希摩跋問。

大約伊得了答話的，然而很低，至於辨別不得。

亞拉藉夫急忙仰上而且坐起身。

註十一　電報是俄國警察要執行家宅搜索，在夜間叩門，對於房主人詢問時候的一句常用的回答。

「那里!」這像電光一般的穿過他的腦中，各種想象和觀念合成的一個旋渦便在他頭裏面旋轉。那小包裹和紙片，老鷹臉的小男人留在他這里的，忽然現在他眼前而且長成一個怖人的巨物了。他幾乎想要叫喊，教人不必去開門；他跳起，便奔到廊下，——但已經確切的分明，聽得抽開門閂的鐵的聲響，以及沈重的，穿着鐵釘底的長靴的，許多人們的脚的悄悄的踏步了。

這回似乎全世界都已覺醒過來，並且閃出了可怖的奪目的顏色，叫喚和呼哨的聲音。

只穿了小衫，又長，又瘦，長着碩大的手脚，亞拉藉夫痙攣的在屋子裏盤旋起來了。屋子裏忽而一切都明亮。片時之前，他相信，還是全藏在昏暗裏的；然而現在照着破曉的青白微光了，一切都分明識得：桌子載着未完的著作，上面是紙烟，靴子在牀底下，圖像在牆上。一切都這樣簡單，稔熟，這樣平常而且可愛。

『但你們要到誰這里去呢？』惴惴的問着瑪克希摩䟦的發抖的聲音他們回答什麼，沒有聽到，單是那老女人發出一聲短的叫喊，將手只一拍．

沈重的脚步聲的雹子便立刻在廊下騰沸起來．

亞拉藉夫闖向門口，自己也沒有計算是什麼緣故，只是輕輕的鎖了門於是他跳到桌旁，拏起包裹，在他似乎是十萬磅重的石頭，他暫時揑在手中，便又拏着這奔到窗下．

『——炸掉——都一樣……』他想，站在開着的半窗面前，從這里進來柔軟的新鮮的朝風，迎面的吹着．『——都一樣——後來可以否認的……』

他的錯亂的思想如同發熱一般的回旋，他將包裹擎出了眺望窗，炸彈便暫時掛在這院子的四層樓的深淵上．亞拉藉夫幾乎已經要放手了，在突然又有一個別的思想閃出他腦裏的時候；這思想是非常恐懼而且無法，亞拉藉夫竟至於像負傷的野獸似的呻吟起來了。

『我怎麼辦呢……這紙片……這姓名住址？他們一定會在院子裏檢齊的！……燒麼？……沒有工夫了……』

『那就這樣的……為要救出別人，毀了自己麼？……但是，我已經對他們說過！我懇求過他們，他們應該給我安穩纔對……現在他們還有什麼權利，可以仰仗我呢！……』

全家都醒了。什麼地方有孩子啼哭了，有誰喫了驚；有的歎着氣。在鄰室裏，那綏惠略夫所住的，有大聲的說話，家具的翻倒，罵人。

『的確逃走了；還有什麼……許是逃到鄰室去了罷，大人……這里是一個大學生……鬼捉的——將鎗拏在旁邊罷，撒但，我們不要傷人！』冰冷的，憤怒的聲音擁到亞拉藉夫這里來了。

忽然有人叩他的門。是一種很穩當而且規矩的叩法，以致亞拉藉夫隔了關着的門也似乎看見這叩門的人來；是一個和氣的懂事的警官，帶着圓滑的派頭和無所假借的洞察的眼。

他於是一跳，竭力的使沒有響。退開了窗門，將炸彈擱在桌上，重行擎起，險要擲下去了，却又塞在褥子的底下。他又更向下面推，於是便站着，無力的掛下了長的強壯的臂膊。

在房門上又敲着了。

「勞你駕，你只要開一下就是了！」叫着一個沒有聽到過的聲音：柔媚的但又非常凶險的響。

亞拉藉夫沒有答。對於這類人們的，和母乳一同吸進去的舊日的憎惡，以及全生涯中發達起來的憎惡，汩沒了他了。他自己也說不出決心的緣由來，便向那漆黑的爐門，跪了下去，這裏面向他吹出一陣冷灰的氣息。他非常迅速的拉斷了細着包裹的繩索，將紙片便撕。鐵門的火爐戛戛有聲，紙片聲也似乎傳遍全家了.

『你開罷,否則我們要砸門了!』一個冷酷的氣忿的聲音叫喚說.

現在確乎已經有許多人站在門前;而且忽然用全力的敲打起來了.

『他們走了先着哩!』這思想透過了亞拉藉夫的腦中.於是他宛然看見了一切的,凡那運命和性命,全繫在他可能將紙片消滅與否的人們;還是獻出他們呢或者覺犧牲了自己呢.全部的大事業,這裏面包含着幾百個少壯純潔的靈魂的,光明的奮不顧身的大事業,忽地現在他眼前.他在靈魂裏,彷彿看見十多個熟識的面貌,正對他滿抱了希望.他自己覺得渺小而輕微了.

『現在,怎麼好呢?』從他靈魂的深處,涌上一種溫暖的聲音來,充滿着熱淚和激動.『即使這樣……寧可我……』

人們擁擠在門外,簡直不像是人,卻是一羣野獸了.

『總得開！這是甚麼！你遵照，』那聲音威嚇說。

亞拉藉夫突然發出獰猛的冷酷的憤怒來。他有這心願，對他們要咆哮，歌唱，呼哨，要送給他們以穢惡的暴戾的罵聲。

他自己也不知道，怎麼的有一柄沈重的手鎗在他手裏了。大約他從桌上取那紙片的時候，他也就抓起這東西來。

『你遵照！……呸！什麼，砸門罷！推！』

『鬼捉你們，我用過你們的娘：（十二）』亞拉藉夫轉臉向了房門，發狂似的咆哮說；一面將那紙張，雖然也只是出於本能的，卻還在不住的撕成碎片。

房門忽然發了聲。一條黑的闊大的裂縫裂開在白的門板上了。木屑墜落下來，鑰匙鏗鏘的落在地上。許多聲音怒吼起來了，一個黑影，他前面先閃着一個鎗柄的，從裂縫裏徑擠進來。

註十二　俄國平常的罵人的話。

亞拉藉夫開鎗.

黄的短的電光只一閃，有人狂叫着，沈墊墊的向後倒在廊下了.

『捉住他！捉住他！捉住他開鎗！』許多聲音咆哮說.

亞拉藉夫用脚尖蹲着，蓬亂的頭髮，只一件小衫，他的眼發狂似的晃耀，伸開他長臂膊，向房門的裂縫裏一鎗又一鎗的放.他再不知道什麽，也再不感到什麽了，除了那獰野的原始的憤恨與震顫的憎惡，這種非人間的憎惡，便是用在踏殺毒物，殲滅仇敵，絞殺犧牲的.忽然從房門這烏黑的裂縫裏對他開了鎗.火爐的小門戞的一聲關上了，又從釘子上掉落一面圖像來，牆上便飛下了白色的屑粉.

亞拉藉夫跳在旁邊，貼着牆壁，迂迴着，這樣的挨到門口去射擊的彈火似乎也打在他臉上了，但是，一跳到了門，他便從裂縫中伸出手鎗，對着人身只兩發，那身體幾乎要觸着兵器了.

一聲喊震得他耳聾。射擊停止了；有人發出裂帛似的難辨的呻吟

『啜哈！』亞拉藉夫在意外的娛樂裏大叫起來，全身是洋溢的喜歡，准備了，無限的射擊和殺戮。

『且住！他拒捕……到別的屋子裏去罷……』許多聲音叫喊說。

亞拉藉夫竭全力抓住一個沈重的衣橱，移來塞了打破的門。於是他闖回爐邊，將撕碎的揉掉的紙片點了火。火便高高興興的延燒起來，用了浮動的顫抖的燄光照着這損壞的糜爛的屋子。

亞拉藉夫將背脊靠在屋角裏，四顧他的周圍。

這其間，已經完全明亮了。他原來的愉快的屋子顯得特別的悲涼。燈盞跌倒了躺在油窪中間；托爾斯泰的肖像歪掛着，穿過了一顆彈丸；壁粉的白屑積在屋角裏，青烟升起他繞繚的一縷，正逸出那摧破的窗門。

亞拉藉夫彷彿覺到，他許是發了狂；這並非眞實的事。在昨日，在一二小

時之前，他還坐在寫字桌前寫，而且他平時環境的各件，書，圖像，紙，也都活潑潑地遶在他的周圍的．說不出的悲痛，裝滿着結束的凄苦的眼淚，穿透他的靈魂了．他注視他的桌子，他的書……於是絕望的搔着頭髮．他所有將來的生活，可以極有興味，又遠大又光明，充滿着可愛的工作，可愛的人們，充滿着難以形容的與奮的，愉快的日子與愛的生活，掠過了他的眼前．這生活，是應該到來而不會到來了．

『死，』絕望的聲音在他這里模胡的說．

『爲什麽呢？出了什麽事呢？只是一件胡塗的偶然的事！……』他還有工夫想．

沉重的打擊的急霰從鄰室落在門上了．有一件重的東西拖到廊下．於是又忽然發出射擊，灰塵從頂蓬上搖落下來，門的碎片打着亞拉藉夫的臉，臉上便立刻流滿了熱血．

『嘜，哦！』他用了異樣的死滅的鎮靜說，『……要是這樣罷！……』

暢快的，復讎的憎惡，無可按捺的衝上他的喉嚨來了，他嘶嗄的嚷出了不知怎樣的一句話，便只一躍，貓似的跳到牀邊，向炸彈伸着手。

『開鎗！這邊！』有人叫喊，彷彿是，便在他的耳邊。

亞拉藉夫沒有聽到鎗聲。有什麼在他眼前眩目的燒着了，全屋子便都不知所往的飛向一旁，亞拉藉夫很重的仰倒在地上。

立刻寂靜了，是緊張的可怕的寂靜。

臉色青白的憲兵向房裏面窺探，手裏揑着鎗，

青烟升作繚繞的一縷，還只是逸出打破的窗門去，這背後映着東上的陽光，亞拉藉夫倒在他房子中央，臉向着上面，撒開了臂膊，挺着僵了的長腿的膝蓋。他的慘淡的鼻子，烏青而且血漉漉的，正向頂篷看他的頭旁在地面上迸流着一點黑色的東西。

十三

綏惠略夫提高了外套的領，兩手深埋在衣袋中間，在明亮的街道上走。所有路角上都有賣日報的人售賣報紙，大聲的嚷，似乎是頌揚他的貨色。

『摩何跋耶(Mokhovaja)的慘劇呀！同無政府黨人的開鎗呀！』

綏惠略夫買了一張報，到益加德林(Yekaterin)公園裏坐定，看那詳細的報告，其時正喧鬧着環繞游戲的孩子們的聲音。

『從窗間逃走之無政府黨人，藉農民尼古拉·耶戈洛夫(Nikolaj Yegorov)綏惠略夫出名之護照而生活者，據警察之探明，實即官廳訪拿已久之由烈夫(Yurejv)大學生來阿尼特·尼古拉微支(Leonid Nikolajevitsh)多凱略夫也。彼已經判決死刑，在由法庭送赴監獄之途中，乘監押官之隙而逸去，對於彼之逮捕，業已定有方略矣。』

綏惠略夫的臉完全冷靜.只是看到那地方,那訪事員利用了許多驚歎符號(!),使出誇大的悲劇筆法,描寫那尋到亞拉藉夫的屍首的地方,綏惠略夫的眼睛有些痙攣,這似乎是苦惱的同情,也許是狂亂的憤怒.

他於是起立,從蠕動着的孩子羣上頭瞥出隨便的眼光去,便走出了公園.

他經過了異樣的緊張.有一種韌性的不能抵抗的東西只引他「到那邊去.」他自己很明白,所有的遭遇都已說明了,他要被特伏耳涅克認識而且擒拏.他夾在不措意的憧憧往來的大衆中間,已經覺得有一隻無形的手,慢慢的無可引避的向他套下一個死的圈子來.這顯然是;他早已不能離開這都會,也不能闖出這街道了;況且他既然肚飢,又冷得寒戰如一匹無主的狗.但這捉狗一般的窮追的感得,却呼起他的嘲笑和獷悍來.

『都一樣,』他想,其時他機械的而且外貌上很鎮靜的向前看.他又仰着頭緩緩走去，一個不可解的追壓，便是憤怒和絕望和同情集合起來的，引他到那里去了。

遠遠地早見到在熟識的房子旁邊有一大堆烏黑的激動的羣集，又有兩個騎馬警察的暗黑形相，突出在一羣好奇的人的頭上面。綏惠略夫混入羣衆裏，這羣衆都擁在大門左右立着，又擠滿了對面的石路，要聽人們怎麼說。

大多數只是默默的等候，也竭力向那宅子裏探頭，這裏面是密排着警察的黑形相和灰色外套的區長。車道上停着一輛赤十字會的馬車，那通紅的苦痛的象徵，正在不著語言而說明這里演過了可怕的悲劇。

一個畫匠伙計，頭上戴一頂塗滿了白和綠顏色的帽子，正在一堆人裏面說些話；大家便奔向他，從背脊和肩膀縫裏，伸上那因爲好奇而發亮的臉來。

「那是這樣，想要擒拿一個人，那正在察訪的，那人却不消說早跑走了。哪，這纔是搜查屋子，但是那一個，那不相干的，放了鎗……打死兩個人，一個憲兵穿通了肚子……哪，這樣子，所有住戶便都退出，開起鎗來了……」

「但是那一個人於這事有什麼關係呢，」一個很像樣的胖紳士綿密的問，那模樣，彷彿他受有恢復秩序的委託，而且這小工也應該嚴加詳細的審問似的。

那畫匠伙計，非常有興，自己很覺得，他是通達情形的人物了，便大快活的從這邊轉到那邊，格外趕快的說下去。

「那一個與這事是不相干的……在他這里，聽說，尋出了一個炸彈……
……」

「你怎麼說——搜出了炸彈——還不相干？你胡說，胡塗，小子！」

「正不是胡塗！但是，早說過，他本來沒有被搜，警察並不知道他，到後來纔明白的。』

『借問你，這是一個何等樣人呢？』一位太太大聲的羼雜說。

『哦，我不知道，』那伙計悵然的答。

伊那描畫過的眼睛因爲好奇發了光，溫柔的面龐轉了蒼白了。

『那便簡直是誤殺了？』

『正是哩，現在纔曉得了……怎樣的錯。』講演的將兩手一攤，幷且放出眼光去，帶了一副似乎這事件於他很有興味的神情，微笑着遍看那些聽講人的臉。

『但這實在怕人呵！』這太太大聲的說，也向周圍看，彷彿訪求贊成的人。

『哪，你知道……在他這里也發見了一個炸彈，』一個少年軍官通知說，略看着這標緻女人，微笑着。『這總是掃蕩一回了！』

那太太的黑眼珠立刻瞥到他，但人不能知道，在他們中間是甚麼一種表象；獻媚呢或是反對呢。

『是的，然而總還是怕人哩！』伊說。

綏惠略夫默默的聽着，他那冰冷的明亮的眼睛只是慢慢的幾乎不能分辨的從這一個臉上移到別個的看。而且他愈是四處看，便愈加緊閉了他的嘴脣，他深藏在衣袋裏的手的指頭也愈加顫抖起來了。

『很好，他們鎗斃了他！別人也可以小心些，竟成了時風了，放炸彈。』

『鬼知道，……這太過，』有人緊接着綏惠略夫的肩頭低聲說。

他急忙轉過臉去，看見了一雙年青的眼睛，正含着激昂與輕蔑向那衆人看；一個青年的姑娘立在他後面。

『然而這樣最好，』和伊同伴的一個大學生回答說。

『你說什麽！』

『那麼，他倒是絞死好麼？』大學生苦惱的說，低下了眼光。綏惠略夫注意的向他看。

但是這瞬間，當那大學生覺到這注意的時候，他也已經自己省悟了，他一觸那姑娘的臂膊幷且說：

『我們走罷，瑪盧莎（Marusja）……我們何必在這里呢。』

『搬他來了，搬他來了！』人堆裏發出這呼聲；全體便起了動搖，都向大門擁擠過去。

最先現出警察的頭來，其中有兩人去了帽，其次是一個憲兵的鼇頭，他們抬着一件東西，不能辨別是什麼；只在布袱底下露着長的褐色的頭髮，當着微風徐徐的動搖，以及一點又高又瘦的前額。

『愛也是，自己犧牲也是，同情也是！』綏惠略夫在耳朶裏響着亞拉藉夫的激昂的喉音，他臉上便發出刹那間的痙攣來。

人堆遮蔽了死屍，人只看見，搬運病人車的綠車頂怎樣在那停着的地方，動搖擺着，緩緩的前行，和他那可憐的赤十字怎樣在烏黑的路人中間，一高一低的起伏。

衆人漸漸走散了。

只有一小堆還留着。那畫匠伙計還只是講，劃着臂膊，道上空虛起來，馬車也又通行了，人們走過，都用了不知所以的好奇心向門口看。

綏惠略夫歎一口氣，但即刻忍住，兩隻手深埋在衣袋裏，用了穩當的步調往前走。沈重的思想彷彿一條無窮的黑線，穿透了他的頭顱。

他想，在那一回，當他所愛的那女人，被絞的時候，或是他知己的誰，去就那自願犧牲的死的時候，也沒有人嚷出苦痛和恐怖來，也沒有人離開了他自己的營業。人們並不互相關聯，來分擔那些可怕的可悲的消息。照舊的是走着街道電車，照舊的店鋪都開着，照舊的如在鏡中，盛服的女人悠悠的散步，莊嚴的有事的男人坐車經過了．他那被悽慘和絕望的無聲的叫喚抽作一團的心，已給碎裂了的那可怕的苦痛，全沒有相關的人。

他這沈重的思想似乎使他和外界都隔絕了，但他練就的能夠細聽的耳朶却覺着一種異樣的足音，只是跟定他走．

在那房子前面的人叢裏，綏惠略夫早覺到有詭譎的嚴酷的眼光，躲在別人的背脊後面，正對着他看．他回顧幾次，却並不能覺察出什麼來．他到處只看見同是單調的緊張的生臉．然而他那異樣的感覺却是強盛起來了；他的心隱隱的紛亂的跳．

大路的盡頭是一條大河，碧綠的水波，上面罩着汽船的烟，尖利的汽笛聲一直響到遠處．遠去，在那一岸，包在煙雲似的灰白裏的，是房屋，園圃，工廠的煙通；這些上面沈墊墊的橫亙着一縷烏黑的安靜的煤煙，汙染了高朗的天空的邊際．

綏惠略夫略一思索，便向橋轉了彎，他無意的向周圍看．兩隻眼睛嚇人的釘着他的臉．一個通黃胡鬚的男人，高領子和端嚴的高帽子的，幾乎正踏着他的脚跟．他們眼光相遇的一瞬息間，在可怕的彼此的理會裏，他們都冰一般冷了．但這只是暫時的事，綏惠略夫便轉過臉去，彷彿無事似的，依舊向前走，高帽子男人急急忙忙的趕上他，毫不停留，逕自前去了．

一切事都經過得迅速而且依稀，綏惠略夫的初意，以爲他自己想錯了．但他的心鈍滯的跳，似乎要警告他．他忽然看見前面有一個警察的黑形像，非常從容的用白手套擦着鼻子．高帽子男人安詳的一直走，一步也不緩的，追上了那警察．彷彿他正在辦一件忙迫的事．但那警察却一聳，垂下手去，詫異的看他，又倉皇的向周圍看．

綏惠略夫立刻實行，又神速又精細，彷彿他早經想到似的，轉過身去，混在迎面走來的一隊泥水匠裏，又向埠頭轉了彎。遠地裏橫着夏公園和通到一無草木的戰神場（十三）的路。他用了電光般迅捷的分明來估計了距離，他看來，夏公園是走不到的了；但埠頭却開展坦平，彷彿一片沙漠。在來來往往的人們的大羣中間，他也仍然是無可隱蔽而且孤單，宛然在荒凉的雪野上、

『現在，怎麼辦呢？……都是一樣……』他想，冷淡的站在芬蘭公司的船橋面前，汽船正叫着開行的汽笛。一個機器的精確運動似的，幾乎沒有盤算，綏惠略夫直躧上那動搖的跳板去，只一躍便上了汽船的艙面，混入了那些正在忙着向黃色椅上尋坐位的，各色人們的中間。他這纔轉向後面看。

頗遠的地方，在船橋的進口，他看見三個人形相，彷彿與全世界上隔絕了的一般。

這是一個偵探，一個警察和一個兵騎着馬。他們互相商量，臉對着汽船，

註十三　在彼得堡中央的大操場。

而且無意識的在那里來回的走動．十分確鑿的綏惠略夫識得他們那游移的緣故了；他們不知道，到汽船開走爲止，是否還有追上的時間，所以他們無端的忽而向前，忽而向後的奔走．但當那警察終於定下決心，一手按着佩刀，向綏惠略夫走進一兩步來的時候，汽船却剛剛發一聲叫，喘息着，威風凜凜的離開了船橋．那兵便突然撥轉馬頭，用了全速步從那地方馳出船橋去，同時偵探和警察也都向別方面跑去了．

「打電話……報告分署的！」綏惠略夫想，似乎早有人對他豫告的一般．

於是他又迅速而且精密的，一個機器似的跳上艙舷，只一瞥估定了船橋和船身之間的短距離，往下便跳．幾個人嚇得發喊，但他竟到了船橋，一滑，幾乎掉下水裏去了，然而還保住，跑過跳板，轉身向夏公園這面走．

他愈走愈快了，其時他也用了全力的防止，不使成爲飛跑．但這樣也已經惹眼，許多人詫異的對他看。一種很可怕的力量難以忍受的銜着他的脊梁。他想要回頭去看，又不敢竟看。他覺得，他彷彿已經被擒，彷彿四面八方都向他伸出許多的手來了。

美觀的高牆，樹木，黃葉和花壇，貴婦人，軍官和孩子，全是夢境似的飛過了他的面前；並不轉入公園，綏惠略夫這時幾乎已經是飛奔了，來到豐檀加（十四）上面那險峻艱難的浮橋上。他隱約看見小艇子的平頂篷，彎着腰的農夫，拏了長桿子攪些什麼，朦朧的遠地裏還現出道路和人家；他已經不能自制、那狂亂的壓迫了，徑奔下橋去。一個在値的警察，魁梧的紅臉東西長着花白鬍子的，向他喊些什麼話，但綏惠略夫已經隱在馬車的那邊，當面看見一個詫異着的女人臉，頭上戴一頂異乎尋常的亮藍帽子，仍是竄，遶出了兩輛別的馬車，來到一條空巷裏。

註十四　Fontanka 是彼得堡的小河，在涅跋(Neva)附近。

此時聽得在遠處有許多聲音的叫喊，但他並不回頭去看，只是跑，自己全然不知所以的，進了第一個開着的大門。他到一個院子裏，四面高得像鑛洞一般的；一個保姆和兩個孩子戴着亮藍帽，正和他當頭遇見。

『你怎麼這樣跑，瘋子似的！險些闖倒了孩子！』保姆大聲說，但綏惠略夫趕快的，沒有答話，飛跑過去，進了別的門，類乎一個汙穢潮溼的地窖似的，到了第二個院子裏。

他以爲聽得，那保姆怎樣的嚷：

『這一個門便是他跑進去的……這一個！』

許多窗戶和門現出在他眼前了；幾個陌生臉的人都立定了將眼光跟住他看。到處都荒涼而且明亮像一片沙漠；一切都拒絕他像一個讐人。

他站住向後面看。在黑暗的門框間，他分明看見一羣人，是追着他過了第一個院子的，很像一幅圖畫。最先跑着的是一個胖警察穿了黑外套，這時時絆住他的腿；綏惠略夫自己相信，知道他怎樣的一面走，一面又用手槍瞄定了他。但這也只是一剎那的事，彷彿一個幻視罷了；第二剎那他便瞥見旁邊有一個別的門，由此通到側屋，他便闖，喘着，胸間帶着劇痛，進去了。

一個面生的人，看來是全沒有用意的對他走來的，站住了，向各處看，剛從綏惠略夫的肩膀上射出視線去，那臉便忽然變了野獸似的凶相，伸開臂膊，攔住了去路。

『站住……你站住，你站住一會兒！』他叫喚說，幾乎是高興似的。

『放走！』綏惠略夫聲嘶的答：『與你甚麼相干！』

『唉不的……你等一等！……幫忙呵！』他忽地咆哮起來，抓住了綏惠略夫。

『拿住他！』後面大叫，助着威。

一瞬息間，綏惠略夫凝視着這黑鬍子和無意識的狂怒的眼睛的生臉，於是他便在這臉上，用了死力揮給他一個拳頭。

『呃！……』這男人發一聲很短的悲鳴，滾在一旁如一個裝滿了的口袋。

『拿～～～拿住他！』喊聲滿了空際，警笛的悠揚的翻轉，鑽到耳朵裏來。

然而綏惠略夫轉了彎；在昏暗的牆壁上，他瞥見一個明亮的大門，這便通到街上。那些人們的黑形相便都從那門奔迸出去了。

十四

四近都淒涼到像是怖人的冢地。聞着是潮溼的粘土和碎磚的氣息、綏惠略夫蜷伏着的隅角裏的，百餘年的塵埃似的氣味，也混在這中間。

兩三小時之前他便站在這里了，在一所正要改修的屋角裏，碎料堆子的後邊。這地方，是頹敗的牆垣和蒼黃的土塊，傷口一般開着的，華美的舊痕還未全消的所在，還掛着高貴的古壁衣的殘片，金彩和雕紋的裝飾的零星這里住過那別樣的，往昔的塗飾的人。在這一室裏，或者還睡過嬌惰的豪華的貴女，遍身裹着花縠與麻綢，——這是美與享用的大觀了，這只能在剝削那吸血餐屍的黑土的制度，那多年的似乎不可動搖的制度這一片地面上，纔能夠發榮滋長起來。但現在却給新主人的貪暴的手所毀壞了，而在淺藍色的屋角間，又漆黑的站着一個揑了手槍的獰野的人，後面襯着黯澹的描金的百合．

綏惠略夫進到這里，是在他誆迷了追迹的人們之後，穿出一所木院，又攀過了一重的板牆．他當初很擔心，這藏身地不能安穩，因爲不住人的建築裏，人大抵首先會來搜尋；遠走麼，他已經乏了力，於是就這樣停下了．許多時他只能聲嘶的呼吸，又用那鬆懈的手痙攣的捏着手槍，准備定，對大衆的第一個就放，只要是出現到這頹敗的門的破口來的．他耳朶裏還響着喊聲，許多脚的踏步，在白石階級的陳迹上沈重的騰跳過去．他的胸脯發了吹哨樣的聲音起落着，他的眼睛閃閃的野到如一匹窮追垂死的狼．但是分，時，都經過了，一切都空虛而且寂靜了，只有嗡嗡的雜音，間或從街頭送到他這里．

綏惠略夫早不能想了；四面什麼情形，他幾於不能懂得了．他只是自然的等候着黃昏，而且常常要合眼，極頂的衰弱，使他全身不靈，又發生難當的戰慄．他已經不能振作了．他合上眼睛，便看見街上的羣衆，人臉浮出，人手向他伸來又有人射擊他兩回；但這事幾乎並沒有鑄在他記憶上，也許是想象罷了。一個別的印象非常怖人，却於他總是忘懷不得。當他在或死或生的追逐裏。凡所遇見的一切，個個都是仇讎。沒有一人肯想隱匿他，阻住追捕的人，或者至少也讓給他一條路。倘沒有臉上現出暴怒，倘沒有擋住去路而且伸手要捉住他，那就確鑿還只是無關心或好奇的人，不過觀看那獵取人類罷了。

對於這些事的回憶，是最鋒利的，而且燒着他的靈魂，較之記起那追捕的人的臉來，尤爲苦痛，他於那些人們是全不加什麼想象的了。這只是非人格而且盲從，跟在他後面如一羣練就的獵狗。

綏惠略夫不再深究了，離死亡有怎樣的近和得救的希望又怎樣的微；他單是想，他能否竟做到他的偉大的計畫，這計畫，便是他挾了很多的憎和愛，規畫出來的。他記起一個漂亮的軍官，從鞘裏拔出刀來，幾乎要劈，他記起一個威嚴的老紳士，伸出他散步的手杖，想攔住他，他記起了各種別的事而且因爲憤怒與輕蔑，全身都發抖了。他早沒有出路了。他自己知道，他到了盡頭了，其時那些人們便只要活在安閑中，靜候着日報的記事裏，登出他這徐徐的死滅來。

時候過去了他心臟的痙攣的鼓動漸漸和緩下來，胸間停止了喘鳴，抝捩的兩手也在疲勞裏自行鬆散了。這彷彿是，他將一樣東西緊張到了絕頂，忽而斷了，他的思想和感情也正是這樣的一時弛解，像一條繃斷的絃。他忽然安靜了，這沈重的寂滅的安靜，只有人已經有絞索套在頸上，早不是神力或人力所能救得的時候，纔會到來。他是完全的無關心了，倘使追捕的人在這一刻裏歡呼着直闖進來，他一定不會做出什麽反抗了。

他的身體衰弱了。白的烟霧遶着他升騰起來。包住他彷彿一件屍衣，給他隔開了全世界。輕微的鈴聲在他耳朵裏響，他只還有一個心願：合了眼，連頭都浸在黑暗寂靜，不動的中間。

「我睡不得！」他自己說，但那沈沈的烟霧，莫可抵禦的擁住了他的腦一切便都從他意識上消去了，這其間他時時睜着眼睛入了幾分時的睡。

他也時時驚覺轉來，記起一切的事，發抖，鋒利的看了周圍，於是又假寐，其時他也覺得，那潮土的溼味，怎樣的冰進他的身中。

緊接他眼前，盤着薔薇式彫飾的蜿蜒的花樣；這使他苦惱至於非常。他也好幾次看得分明，知道這不過是碎白石的一塊，還能顯出怎樣的一個植物的花紋。但這植物又被烟靄包籠；他便生長起來，浮動起來，成了怖人的形像，忽而長，忽而闊，或者又散成一個陰森的人頭的形迹來。

然而綏惠略夫究竟大約是睡着了；因爲他張開那自以謂只合了一瞬間的眼睛來的時候，四面已都是深藍的夜色了。夜色攀上了頹敗的牆垣，蟠在角落裏，從空虛的屋子的門間向外看。陰影無聲的動搖，彷彿是昔日的居人的精靈，那曾在這里愛戀，煩惱，享用，而且在他不幸的難逃的時節死去的、重行出現了。

綏惠略夫似乎遇到可怕的一擊，醒了睡。有一樣非常的事出現了：他瞬息間全不明白，他在那里，他是如何；狂熱的大歡喜的侵襲，支配了他，他的心彷彿是一個容易破碎的，脆的玻璃的器皿了。

他記起一個強烈的幻景來。這是幻覺呢，是半已遺忘的記憶，還是他的錯亂的腦做了夢呢？……

『這是什麼？我見了甚麼了？』他愕然的自己問。

『是可怖的東西，重要的東西，這東西，是全生命都從此開端，像滴水之在大海似的……那只是什麼呢？……我應該記憶……應該記憶……』

他腦上似乎罩上了一張鐵幕。那後面還閃着未曾見過的光明，響着聲音，又有許多面貌的模胡的輪廓，是可以識得的，但總不能喚回記憶來而且只使他難堪的苦惱。

他做了夢，夢見他爬上壁立的懸崖去，是一個被追的，零落的，渺小的男人。人的大羣像烏黑的怒濤的濤頭一般緊逼上來，要捉住他，撕碎他：向他伸出幾千的手，抓住他的脚，他的衣裾，剝下他的衣服；然而他却愈爬愈高遠了。他們都留在一直底下，不很看得分明了，獨有他立在眩人的高處，天風吹遶着他的頭。再高，在山崖的絕頂，他看見兩個黑色的形像，凝視着全世界，獨在不可測的青空。他覺得，在他們這里便藏着他全生涯的謎，而且他也一切便要明白和理解了：他爲什麼要爬到這可怕的寂寞的高處來，爲什麼那黑色的波濤，準備着，爲要毀滅了他，這樣憤怒的追趕。這形像遠遠地如在夢中，但他生長起來接近起來了。綏惠略夫用了驚人的速率飛向他們。大祕密的接近，這於他便要揭開，他的心充滿了無量的狂喜了。

『人說，人當失掉了他的理解力之先，他就感着這無可比方的大安樂，我知道的！』綏惠略夫想，而且感得，一切都是夢。但他不能離開這夢，他使了超人的努力，要把住他，要看他的涯際：崢嶸的聳在高處的山崖，遠遠的黃金色的太陽，沈在深淵裏的無際的遠方，浮在烟靄中的，遠處的金閃閃的都市的景色，遠海的青蒼。還有兩個可怖的形像下臨着全世界。

一個是寂寞的立着，兩手叉在胸前，骨出的手指抓在皮肉中間，晴空的風攪着他蓬飛的頭髮。眼是合的，嘴唇是緊閉的，但在他精妙的頹敗的筋肉線上，現出逾量的狂喜來，而那細瘦的埋在胸中的指頭發着抖。他只是一條絃，周圍的空氣都在這上面發了顫，因為精魂的可怖的緊張而起震動了。

在半壞的平坦處的邊上，躺着別的一個形像：豐腴，裸露而且淫縱的，在堅硬的石上帖着伊華美的身軀，一個隆起的，精赤的，無恥的身軀挺着情趣的胸脯，懸空的呼吸。忍了笑宛轉伊玫瑰色的身體，在玫瑰的雙膝全不含羞的張在石上的，白的圓的兩腿之間，天風吹拂着纖毛。伊的兩手緊握了崖邊；

伊的一直底下是日光中的晃耀的平野.

「我是世界的惡!」在緊張的寂靜中,伊的聲音說,——「是生命的誘惑,是在黑暗的恐怖的歡娛中的地,是將永久的苦惱付給一切生物的惡!你成了人了,神的精神呵!我看見你的思想,而且看見你在將來裏,見到多少苦悶和比死還苦的無謂的努力呵!你苦惱着!……而且人們要將你釘上十字架去,因爲我比你更其美,更其明白.在這一瞬間,全世界沒有留意中,可要揭曉了:我是世界的惡!你想要成人,爲的是要用了他們的話和他們說……我的成人,就因爲要對你戰爭.和他們說去罷,但我總要將他們引到我這里來,教他們昏迷在我這兩膝的搖籃上,而且將你,你這奇特的,不明白的禁慾家,送到死亡裏去!……在這一瞬間是我們兩個都能死的……推我下去!滅了世界的惡,你做去罷,因爲你這來,是爲了救世,你要獨自統治世界的……推我下去罷!」

那裸體毫無愧色的移到深淵的旁邊。黑髮直垂的掛下峭壁去，兩手離了崖邊，又垂下一條玫瑰色的腿，圓的胸脯下臨着無地，輭輭的動搖。全體都因爲興奮發了抖，只等候開首的一推，便沈沒在埋伏的深處。

「推我下去！你就獨自留着了！推我下去！你就永遠祝福了！你這來，是爲了救世的！……你躊躇什麽呢？看哪——我下去了！」

孤寂者的嘴脣忽然動彈了。帖在脣上的短鬚顫抖着，他又睜開了眼睛，兩眼是冷靜明亮而且眺着遠方，似乎這透澈的眼光通過了虛空和永久。

「世上的一切幸福和一切歡樂我以爲都不是有罪的行爲！在我這里惡不能得勝！離開我罷，惡魔！」

懸崖間的小男人的靈魂被恐怖抓住了，他用了絕望和憤怒和苦痛的咆哮，大叫起來，伸着孱弱的手；

『你錯了……錯了……錯了……』

他想要到他那里，想要消滅他這不辭的言辭，盡了全力向他喊。但這可憐的人聲只是徒然的滅在空中，達不到絕頂。孱弱的人手滑下石壁來。他用了超人的努力，想要支持住，然而巖石是冰冷，不動而且堅頑，於是這渺小的張開四肢的身體，轉着圓圈直墜向深淵裏……

可怕的「死」的恐怖，燒着了他的精神；綏惠略夫醒了。

黑暗鎖住周圍，而且守着大祕密。

『我見了什麼？……是死麼？……不是麼？……我就要死或者就要發狂麼？……那是什麼呢，——是什麼呢！』

他彷彿覺得，只要一些努力，用了最後的掙扎，他便一切都知道。不確實的言語在他頭腦裏迴旋。這言語長成起來，接近起來，分明起來了……他的全靈魂緊張起來……然而忽然一切都消失了。

綏惠略夫蒼白而且驚懼，用那發抖的萎靡的腿站立起來，兩手扶着牆壁。

『我要發狂了……我支持不住了！』他想！含着失敗的微笑，又大聲說，用了異常的淒厲的聲音：

『如果已經到了盡頭呵！』

一聲響震動了空房的四壁，綏惠略夫清醒了。

掉下的手鎗，從地面上又揑在他摸索的手裏。

冰冷的鋼的接觸，使他爽神，他震悚了，聚起所有的力量，展伸了全身。依然是挺拔，沈着而且冷靜。

『我應該去了！……絞架，發狂，或生活，這是否一樣的事！或遲或早……』

他疲倦的四顧，將手鎗塞在衣袋中間，跨下那模胡的白石的階級去。

他已經走到門口，望見街上燈火的紅光了，他突然立定，掏出手鎗來在出口處，當了他的路，站着一個長的黑影。黑暗中間，那按着胸膛的兩手，紛亂的頭髮和蒼白的臉，全都看不分明，只是祈求似的向他。

「誰在這里！」綏惠略夫叫喊說；他又立刻失笑了。

只是一支簡單的木樁，帶着一些亂麻的屑片，在黑暗和他的慌亂時候，成了一個凜然的殉教者的形像了。

他走近這東西，輕蔑的將他用脚踢在一旁，便跨出院子裏去。

幾個磚堆，木材和石灰片，看去淒涼的像是墓場。修屋的圍牆的出口正是大開，外面閃着街石的依稀的白色。綏惠略夫橫過院子，極小心的向外望。正對大門，只離一兩步遠，在空虛的街上屹立着三個人的形相。那是警察，肩膀上擱着鎗。

綏惠略夫一跳向後，將自己帖在牆上。

警察並沒有覺得。他們低聲的談論，但綏惠略夫能够聽出話來：

『這有什麼意思呢，無端的使人成一個殘廢的人……這是你對的……』綏惠略夫的心大跳起來了，但他的思想依舊非常之銳利．他用了沒有聲音的舉動，抽身退回，跑出木料堆的後面，輕輕跳上圍牆，又向着材料場，那他曾經走過一次的，跳了下去．

旁邊高高的堆着木片；還有木料和潮溼氣息．空虛的看守屋的窗中全都昏暗，一切寂靜而且平安．開着的門外面便是大路，溜過行人的黑色的輪廓，得得的響着馬蹄；斜對面照耀着一家店鋪的通黃的燈火．

『我現在如果能够走到街上，我便混進人叢裏去．我再穿出芬蘭鐵路的停車場，沿着鐵軌走到國界去……』（十五）這極迅速的閃過了他的腦中．『我們還要大家戰鬭哩，』他傲岸的對那看不見的讎敵說，於是決然的走出了大門．

註十五　從彼得堡步行出去，幾小時便可以到芬蘭界．

街上的燈火，喧嚷，動搖，鬧得他耳聾了。他前進了一二步，又忽然反跳回來：各各地點，巷口和路彎，都站着一樣的黑的警察肩着鎗，那刺刀在夜色裏閃閃的發亮。

『包圍了，』綏惠略夫省悟過來，抱着一種無關緊要的絕望的感覺。

在明晃晃的大道上終於不被覺察，是不能設想的。一切都已到了盡頭，但他在發狂似的崛強中，不肯便就降伏。其時他自己明明知道，人會看出他來，他却橫過了街道，幾乎在四面襲來的警察的手底下跑到那地方去了。

十五

漆黑的天空，映着萬千燈火的夜紅，掛在都市上。步道上頭，每個路角上雖然都點着眩眼的街燈，但與內部湛着火海似的大戲園比較起來，街路却像是昏暗的甬道。各方面都發出馬夫的悠揚的呼聲；大衆彷彿流水一般，從夜色裏瀉向非常明亮的進口去。在烏黑的人叢裏，湧出了綏惠略夫，消失了，又出現在空寂的地方，而且鰭魚似的蜿蜒着儘走。他被那追蹑的人跟定了，從四面兜圍上來，他雖然時常似乎脫逃，也不過一種最後的昏瞀的狂暴的游戲罷了。

正在戲園進口的前面合了圍。徑向着喧嚷和擁擠裏奔來的戲園督察憲兵們，都衝進正在驚愕的人堆裏去，衆人是全不知道什麼事。只有幾個大學生，知道的，這在做甚麼，雖然無補，却想弄大了騷擾，救出這被追的非常的人來.

『你進戲園去!』

出於自然的依了這年青的聲音,綏惠略夫夾入人叢,擠進大戲園去了.

他在樓梯的第一級上撞了一個人.身穿金紅制服的戲園工役想要攔住他,但被一雙獰野的眼睛的眼光彈了回去,又給一羣別的人們擠在旁邊了.綏惠略夫竟走到一條狹窄的廊下來;經過了衣服室,紅衣工役,盛裝的太太們的前面,跳進一間空的邊廂裏,這地方全綳着天鵝絨而且擺滿了鑲金的交椅.他幾乎無意識的關了門,又抵上一把安樂椅,便垂下手去.這就是盡頭了.

人聽得,有人怎樣的在廊下發了不自然的興奮的聲音叫:

『上了樓廂了!……我看見他的!上了樓廂!那邊,那邊.』

有人想要開門,但這瞬間忽然熄了燈,微微有聲的開了幕,現出一座亮到奪目的碧綠的花園，和一羣人都是夢幻似的，金的紅的，明藍的服飾。

以後接連着什麽，便是狂暴猥藉的彷彿一陣旋風。

最初是綏惠略夫除了一片頭顱和坐位的大海，沈浮在煙霧中間，和幾處昏暗的地方以外，辨不出甚麽來。他也沒有便悟，他是在戲園裏，戲劇已經開場，以及這奇特的姿態，在舞臺上跑來跑去而且動着兩手的，是演戲的伶人。

他帶着很可怕的驚惶，被追的猥似的向各處看。一切事，凡是這日裏所經歷的：奔逃，追趕，瀕死的危機，逼近的無可逃的死，竟全不相通於這與致勃勃的瞻仰的頭顱，袒露的肩頭，夢幻一般的裝飾和雜色的光輝的大海。

他起了獰野的思想快要狂亂了，這里的事竟是眞事，對於這些，正是他無可訴說的愁慘，和他的苦惱的全般。就是這樣，沒事似的開了幕，就是這樣的樂隊長擺着兩隻手，就是這樣的走出圓裙紅鬟的歌女來，撐開了臂膊，張口便唱——輕微，美妙，嚴肅，如在宮殿中。

人正在搜尋他，立刻要尋到他，拿住他，到天明便絞了，在這里却只是一時中止之後，一切便又安靜如常，音樂又開奏了，含笑的人們又復儼然的振作了精神，許多頭顱低垂下去，響着妖豔的聲調，在感動中抖着袒露的蒼白的女人的肩頭，於是起了雷一般的喝采。

一剎那間，有一種東西在綏惠略夫的烈火似的腦裏長得非常之大了，而且緊張起來，但卽刻迸斷了。於是獰野的被着紛亂的頭髮，帶着不乾淨的凶險的臉和閃閃的眼睛，綏惠略夫倚向廂房外面，痙彎的伸着手，便直接的開鎗，並不瞄準，射到平安的毫沒有料到的頭顱的海裏去。

答詞是一陣可怖的悲號。高亢的樂音忽地歇絕了，大衆驚跳起來。同時響着異樣的鎗聲和許多聲音的震耳的叫喚。綏惠略夫曾見了許多回顧的驚怖到幾於發狂的臉，於是又抱了不可想像的愉快，從新的開鎗，但這次却有了計算，瞄着密集的大衆的中央了。

射擊的不絕的音響壓倒了狂野的喊聲。從勃朗寧（Browning）的平滑的鎗膛裏奔電似的射向坐位的排列上，人頭上，在狼狽的恐怖中蜷曲的着脊梁上，逃走的人的腿上，這叫喚的混沌中，也透出女人的歇斯迭里的銳叫來。一個胖紳士嵌在緊接廂房的路上，野獸似的發了稀薄的裂帛似的怪聲呻吟着。人們在門裏面互相抵排，裝飾的花縠和天鵝絨都撕成碎片了，修飾的嬌嫩的女人們倒在地上，而且用了拳頭任意的亂打，不問是臉，是頸子或是脊梁。

但超出了一切，超出一切的響着，是綏惠略夫的勃朗寧鎗的不斷的連珠，他抱了涼血的殘暴的歡喜，施行復讎了，爲了那許多他自己時常遇見的，損害，苦惱，和被毀的生活。

門外來了突擊，撞破了門，綏惠略夫被抓住了，摔在地面上。

他打敗了，被沃珂羅陀契尼(十六)的手槍逼到迴廊的角上的時光，他便站定，而他眼睛裏耀着不可移易的勝利的確信。

從遠處從大房間和廊下，迸出雪崩似的聲響來。凡眼光所及的地方，都蠢動着人堆，個個失了人樣子。

人撞過一個胖紳士去，鮮血淋漓的禮服的衣角掃着地面；一個明藍打扮的女人，伊的白蠟似的臉垂在胸前，支着肩膀，扶出去了；在伊蓬亂的紅金色髻子的鬈曲中間，掛着一朵折了莖的雪白的百合。

綏惠略夫從那些正指着他胸膛的烏黑的槍膛上頭，從憤怒的人臉上頭，射出眼光，去看這折了的百合花，看這從優美的享用而長成的女性胸脯的緞子似的皮膚裏，流出來的鮮血。

人吒咤他，人搖他的肩頭，但他的眼睛只是堅定而且冷靜，而且含了不

註十六　Okolodotshinij，最下級的警察官。

可捉摸的神情徑向前面看，似乎他注視着一種別人決不能見的東西。

中華民國十一年五月初版

(工人綏惠略夫一册)

(每册定價大洋陸角)

(外埠酌加運費匯費)

者 阿志跋綏夫

者 魯迅

發行者 商務印書館

印刷所 商務印書館 上海北河南路北首寶山路

總發行所 商務印書館 上海棋盤街中市

分售處 商務印書分館 北京 天津 保定 奉天 吉林 龍江 濟南 太原 開封 鄭州 西安 南京 杭州 蘭谿 安慶 蕪湖 南昌 漢口 長沙 常德 衡州 成都 重慶 瀘縣 福州 廣州 潮州 香港 梧州 雲南 貴陽 張家口 新嘉坡

八三四六陸

共學社叢書

商務印書館發行

社會心理學（社會經濟叢書） 一冊 九角

金本基譯　社會心理學爲社會學上之重要部分。本書係美國愛爾烏特所著。出其心得。爲學者作研究之指導。

相對論淺釋（通俗叢書） 一冊 三角半

夏文瑔譯　愛因斯丹原著。分三部。一特種相對律。二普通相對律。三重力新說之實驗的證明。文字極爲明顯。

英國勞働組合論（社會經濟叢書） 一冊 七角

胡善恆譯　是書述英國勞働組合情形。及組合種種問題。並推測其將來趨勢。爲研究社會學之傑作。

復活（俄羅斯文學叢書） 三冊 二元半

耿濟之譯　此書叙一人極力懺悔以前罪惡。想從深坑中救一墮落的女子。情節委婉。讀之令人不忍釋卷。

分配論（社會經濟叢書） 一冊 六角

劉秉麟譯　此書討論國際貿易及僱用與信用之流動。并各種方法之公共行動與團體之影響等。

父與子	一冊	一元
貧非罪	一冊	三角半
西洋家族制度研究	一冊	七角
俄國戲曲集	十冊	四元
前夜	一冊	八角
清代學術概論	一冊	六角半
藝術論	一冊	七角
社會問題詳解	三冊	一元半
布爾什維主義底心理	一冊	四角半
黑暗之光	一冊	三角半
墨子學案	一冊	七角半
中國哲學之科學方法	一冊	九角
現代思潮	一冊	五角
互助論	一冊	一元
政治心理	一冊	九角
政治理想	一冊	三角
短篇小說集	一冊	六角半
海上夫人	一冊	五角
家庭問題	一冊	四角半
甲必丹之女	一冊	六角半
戰時之正義	一冊	四角
辯論術之實習與學理	一冊	一元
凡爾登戰記	一冊	五角
活屍	一冊	三角
社會學史要	一冊	四角
馬克思經濟學說	一冊	九角
歐洲文藝復興史	一冊	五角半
進化與人生	一冊	七角
西洋氏族制度研究	一冊	四角半

新時代叢書

上海商務印書館發行

這部叢書編輯的起意，不外以下的三層意思：

(一)想普及新文化運動。

(二)為有志研究高深些學問的人們供給下手的途徑。

(三)想節省讀書界的時間和經濟。

現在已出四種，以後當陸續出版。

編輯人

李大釗　李　季　李　達
李漢俊　邵力子　沈玄廬
沈雁冰　周作人　周建人
周佛海　夏丏尊　陳望道
陳獨秀　鄭太朴　戴季陶

女性中心說

日本堺利彥編述，李達譯，原文係美國社會學者烏德所著，本科學態度羅舉生物界昭著事實，證明自然中女性實處於中心地位，數千年來之傳統思想，以男性為中心者，從此粉碎無餘地了。實為有功於世道人心的科學上的新發現。　定價四角

社會主義與進化論

日本高畠素之著，夏丏尊李繼楨合譯，此書用社會主義者之眼光，批判并介紹有關社會之生物及哲學上各派學說，讀之不僅能明瞭社會主義與各派學說之關係，且於社會主義之眞義更得正當之見解。　定價每冊四角五分

馬克斯主義和達爾文主義

馬克斯與達爾文兩種主義為近代最有力之思想，學術政治咸受其影響。此書比較兩氏學說而研究之，與前出「社會主義與進化論」一書，頗多互相發明之處。原著者為英國班納柯克氏，譯者施存統。　定價每冊二角五分

馬克斯學說概要

是書係日本高畠素之所著，施存統先生翻譯，內容分五章：(一)馬克斯及其近時批評家，(二)唯物史觀，(三)馬克斯主義經濟學，(四)資本主義生產及其破滅，(五)共產主義觀，提綱挈領，詳加解釋，譯筆亦極詳明，洵為近世最有價值之書也。　定價每冊三角